아빠의 진심이
너에게 닿기를

아빠의 진심이
너에게 닿기를

초판 1쇄 인쇄 2024년 04월 22일
초판 1쇄 발행 2024년 04월 30일
지은이 은빛신사

펴낸이 김양수
편집디자인 안은숙
교정 연유나

펴낸곳 도서출판 맑은샘
출판등록 제2012-000035
주소 경기도 고양시 일산서구 중앙로 1456(주엽동) 서현프라자 604호
전화 031) 906-5006
팩스 031) 906-5079
홈페이지 www.booksam.kr
블로그 http://blog.naver.com/okbook1234
이메일 okbook1234@naver.com

ISBN 979-11-5778-641-1 (03800)

아빠의 진심이
너에게 닿기를

은빛 신사 지음

자녀에게
전하고 싶은
33가지
삶의 지혜

맑은샘

과연 인생이란 무엇일까?

인간은 누구나 딱 한 번밖에 경험할 수 없는 삶이라, 한 명의 예외도 없이 수많은 실수 혹은 실패를 반복하면서 살아가고 있다. 불교의 윤회사상처럼 인간이 죽은 다음 다시 태어나서 전생을 모두 기억해 낼 수 있다면, 이전의 생에 비해 훨씬 실수도 줄이고 더 행복한 삶을 살아갈 수 있을 텐데 말이다. 그러나 유감스럽게도 인간은 딱 한 번밖에 살지 못한다.

어린 시절부터 학창시절과 직장생활을 다 끝내고 나면 조금은 인생이란 것을 알 수도 있지 않을까 하여 본격적으로 글을 써야겠다는 다짐을 하루도 빼놓지 않고 해왔었다.

이제 60대가 되어보니 인생을 어렴풋이나마 알 수 있을 것 같다. 그동안 수도 없이 읽은 고전이나 인간의 삶을 관통하는 지혜에 관한 책의 내용들을 젊었을 때는 머리로만 이해했다면, 이제는 가슴으로 이해할 수 있는 나이가 되고 보니 실로 만감이 교차한다.

누구에게나 화양연화 같은 시절은 있다. 하지만 우리의 생각과 삶에 수없이 도사리고 있는 '인간관계를 포함한 다양한 분야에서 발생하는 판단 착오에 의한 실수나 불행'들로 인해 그 화양연화는 눈 깜짝할 새에 지나 버리고 고통과 아픔의 시간이 길어지는 경우가 너무도 많다.

이 책은 성난 파도와도 같은 우리네 인생길에 닥쳐질 수많은 상황에 대해서, 직접 경험했던 수많은 실수 혹은 좋았던 사례들을 거울삼아 자식들에게 들려주는 어쩌면 '자기 고백록' 같은 이야기이다. 따라서 세상을 바라보는 관점에 따라 다소 차이가 나는 부분도 있을 것이다.

이제 사회생활의 초년병인 20대와 30대의 두 딸이 아빠보다는 더 행복하고, 더 편안하고, 더 나은 삶을 살아가기를 간절히 바라면서 그동안 보냈던 글을 엮어 만든 책이다. 모쪼록 이 책을 읽는 젊은이들이 적어도 우리 부모 세대보다 실수나 실패는 최대한 줄이고, 보다 더 당당하고 행복하고 편안한 삶을 살아갔으면 좋겠다. 그동안 책을 펴내기 위해 용기를 준 가족, 친지 및 출판사 측에 심심한 감사를 표한다.

평범한 대한민국의 아버지가 자녀들에게 남겨주는
사랑스럽고 속 깊은 이야기

쉽고 편하게 읽히는 글이지만 많은 생각과 번민에 빠지며 때론 거침없이 살아야 했던 이 시대 아버지들의 이야기이기에 자신도 모르게 책 속으로 스르르 빠져들게 합니다.

'최대 능력치의 70% 정도의 힘을 쏟으며 살아라'는 책 속의 이야기에 개인적으로는 요즈음 더욱 공감합니다. 이러한 삶을 살아내는 저자의 모습을 오랫동안 옆에서 지켜보았던 나로서는 평범하지만 정말로 예사롭지 않게 살아가야 인생의 풍성함과 자유로움을 만끽할 수 있음을 느끼게 합니다.

빨리빨리, 고속성장, 끝없던 학생 데모의 환경과 문화에 익숙했던 세대가 들려주는 이야기라고는 믿기지 않는 절제와 자유로움, 지혜 그리고 사랑이 빛나는 이 시대의 탈무드와도 같은 이야기입니다.

— 서승진(경영공학 박사, 경기대 교수, 전 삼성전자 근무)

사람은 누구나 지금까지 살아온 인생과 앞으로 살아가야 할 인생을 생각하며 삶을 이어 나간다. 지나온 인생을 자주 생각하는 나이는 대부분 반평생을 지내온 이후가 아닐까? 큰 성공과 성취에 스스로 만족하는 사람도 있겠으나 평범한 직장인으로 살아온 나에게도 약간의 아쉬움과 또 다른 후회가 남아 있다. 그런 마음속의 아쉬움을 빤히 들여다보는 듯한 저자의 글을 읽으면서 진심으로 공감할 수 있는 시간이었다. 세상에 대하여, 인간관계 및 일상생활의 지혜에 대하여.

이 책에는 앞으로 살아가야 할 인생을 생각하는 젊은 청년들이 삶의 지침서로 삼을만한 내용들이 아주 잘 정리가 되어 있다. 직장생활을 열심히 하고 있는 우리 아들에게, 사업을 막 시작한 사랑하는 딸에게 꼭 사주고 싶은 책이다.

— 차진구(원진 부회장, 전 삼성물산 상무)

내 속을 들여다보듯, 살면서 내가 해왔던 부끄러운 생각들까지 저자의 목소리로 대신해 주는 책이다. 그래서 읽는 것만으로도 공감받고 위로가 되는, 어쩌면 자라는 동안 종종 내 아버지의 목소리로 들었으면 좋았을 그런 내용이다.

나의 아버지에게 들으면 잔소리가 될 수 있는 말들을 자녀를 사랑하는 이름 모를 아버지의 목소리로 들으니 보다 더 마음에 새기게 되는 신기한 경험을 주는 책.

'부모 마음'을 이보다 더 잘 표현할 수 있을까!

처음부터 마지막 문장까지 그저 자식이 나보다 낫기를 바라는 마음이 느껴져 감사하고 죄송하다. 그러니 세상의 아버지들은 백 마디 말보다 이 책 한 권 따뜻하게 자녀들에게 선물하시기를. 그런 부모님도 누군가의 자식이니, 반대로 부모님께 선물하기도 좋은 책이다.

— 강민지(Wee 클래스 전문 상담교사, 어정초등학교)

| 목차 |

Part 1

세상을 살아 나가는 지혜

1. 세상에 공짜는 없다

옛날 중국의 어느 왕이 전국의 유명한 현자들을 불러 모았어. 그리고는 "백성들이 살아가면서 평생 귀감이 될 만한 글을 써서 올려 주시오"라고 명을 내렸지. 이에 현자들은 동서양의 좋은 말들은 다 모아서 책 열두 권으로 만들어 왕에게 바쳤어.

이에 왕은 "이렇게 많은 좋은 말들을 생업이 바쁜 백성들이 언제나 다 읽는단 말인가?" 하여 현인들은 아주 고심 끝에 열두 권의 책을 줄이고 더 요약하여 한 권의 책에 담아 다시 올렸지. 그러나 왕은 이에 만족하지 않고 계속하여 다시 더 줄이라는 명을 거듭한 끝에 현인들은 결국 맨 마지막에는 다음과 같이 한 줄로 줄여 올릴 수밖에 없었지.

'세상에 공짜는 없다.'

"그래 바로 이것이요. 이것만 알면 백성들의 모든 문제는 해결될 것이오"라며 비로소 왕은 크게 만족했어.

너희도 이 이야기 한 번쯤은 들어본 적 있을 거야. 사실 사람들은 세상을 살아가면서 누구나 행운을 바라긴 하지. 물론 나 또한 예외는 아니야. 우연히 다가올 행운을 바라는 건 젊었을 때나 지금이나 마찬가지로 참 안 변하더라고.

정말 행운이 내게 온다는 건 그야말로 얼마나 신나는 일일까. 우연히 산 로또가 1등에 당첨이 된다든지, 아니 굳이 로또가 아니더라도 갑자기 회사에서 보너스를 왕창 준다가, 시험을 봤는데 내가 찍은 것들은 모두 정답이었으면 하고 바라는 그런 행운 같은 것들 말이야.

그런데 있지? 유감스럽게도 그렇게 바라는 행운은 거의 오지 않고, '세상에 공짜는 없다'라는 말이 한 살 한 살 더 먹을수록 실감할 때가 아주 많이 생기더구나. 특히 사회생활을 해나가다 보면 이 말이 한 치의 어긋남도 없을 정도라 감탄했던 적이 한두 번이 아니야.

세상은 언뜻 보기엔 허술한 구멍투성이인 것 같지만 의외로 아무것도 빠져나갈 수 없을 만큼 아주 촘촘하게 짜여 있거든. 그래서 세상의 일이란 건 굳이 인과관계를 들먹이지 않더라도 너희가 하는 모든 생각이나 행동, 그리고 다른 사람과의 관계에서 오는 모든 일들은, 그것이 설령 사소한 것일지라도 반드시 모종의 '대가'를 치른다는 것을 꼭 잊지 않았으면 좋겠구나.

가까운 사람이 아닌, 어떤 잘 알지도 못하는 사람이 갑자기 너희에게 과도한 호의를 베푸는 경우가 대표적인 예겠지. 전후 맥락상 특별한 이유가 없는데 그럴 땐 암암리에 부담이 될 만한 어떤 의도가 숨겨져 있는 경우가 대부분이야. 그럴 때는 대우받는다고 속으로 우쭐댈 것이 아니라 한두 번 정도 더, 깊이 생각해 보는 습관을 들이는 게 좋아. 그래야만 항상 뒤탈이 없어.

참, 연예인이나 스포츠 스타처럼 갑자기 큰돈을 벌거나 인기를 얻은 사람들이 부러울 때가 꽤 있지? 혹은 정치인이라든가. 그런데 그들을 꼭 크게 부러워할 일만은 아닌 것 같아. 그들이 그걸 성취하기 위해서나 계속 유지하기 위해서 얼마나 스트레스를 받고 힘이 들까를 생각해 봐. 인기는 한낱 물거품 같은 것이기도 하거니와 대중들의 인기를 먹고 산다는 것 자체는 그야말로 감당해야 할 일들이 많아서 너무 힘들어. 그래서 보통 사람들은 기회가 주어진다 해도 결코 선택하기가 쉽지 않은 직업이기도 하지. 세상에는 공짜가 없거든.

단지 그들이 현재의 자리에 이르기까지 얼마나 큰 고난을 견디고 왔을까 하는 점을 인정해 주고 존중해 주는 딱 그 정도로만 생각하는 게 좋을 거야. 그들 또한 그들의 자리에서 최선을 다한 결과물일 테니 말이야.

지금껏 걸어온 길, 그리고 앞으로 걸어가야 할 길을 너희 스스로 선택해서 지금까지 살아왔듯이 결국은 그들과 너희가 다른 점이 있다면, 가는 길에 대한 선택의 차이였던 것이지 어떤 결과를 두고 그들과 너희를 비교할 대상은 전혀 아니라는 소리지. 단지 지금은 너희가 선택한 지금의 자리에서 '어떻게 최선을 다하느냐'에 대한 것만이 다른 사람과 비교할 수 있는 가장 가치 있는 일이고 최고의 길이란 것을 명심했으면 좋겠어.

그리고 또 하나 꼭 잊지 말아야 할 것은,

무언가를 얻고자 한다면 반드시 그 대가를 감당할 수 있는 마음의 준비를 단단히 하고 살아간다면, 앞으로 너희에게 닥칠 세상의 많은 위험은 스스로 알아서 너희 곁을 잘 피해 갈 거라고 확신해.

콩 심은 데 콩이 나고, 팥 심은 데 팥이 나게 되어 있어.
항상 명심 또 명심하자고.

이 세상에 공짜는 없단다.

2. 세상을 절대
'옳다, 그르다'로 판단하지 마라

사람이 보고 싶은 것만 보고, 듣고 싶은 것만 들을 수 있다면 얼마나 행복하게 살아갈 수 있을까.

그러나 우리는 눈이 있기에 보고 싶은 것만 보고 살 수 없고, 귀가 있기에 듣기 좋은 소리만 듣고 살 수 없는 노릇이지. 사실 인간이면 누구나 마음이 늘 흔들리면서 살 수밖에 없는 게 보편적인 우리의 모습이 아닐까? 오죽하면 파스칼은 그의 저서 《팡세》에서 '사람은 생각하는 갈대'라고 표현했을까.

더군다나 듣기 좋은 말보다는 듣기 싫은 말이나 꼴 보기 싫은 상황을 접하게 되면 마음이 더 심하게 요동치게 되지.

순식간에 화가 올라오거나 짜증이 나기도 하고, 심지어는 욕도 나올 수밖에 없는 게 어쩌면 우리들의 평범한 일상이 아닐까 싶어.

아무리 인간이 생각하는 갈대라 하지만 왜 우리들의 마음은 그렇게 늘 흔들리는 걸까에 대해 고민해 본 적은 있니? 아마도 그건 너희가 지금까지 경험한 것과 배운 것을 바탕으로 형성된 가치관의 충돌 때문일 확률이 가장 높을 거야.

눈앞에서 일어나는 모든 일과 상황에 대하여 자신도 모르게 '옳은 것과 그른 것'을 판단하는, 이미 습관화된 그 버릇 때문이지. 그런 이분법적인 가치관이 머릿속에서 작동되고 있다 보니 세상은 늘 내 맘 같지 않을 테고 그런 까닭에 마음이 흔들리고 괴로움이나 외로움은 더욱 가중되고 있는 건 아닌지 점검해 볼 필요가 있어.

따지고 보면 세상의 일들이라는 게 과연 확실하게 맞고 틀리는 게 얼마나 있을까. 하물며 '지구는 둥글다'라는 사실마저도 예전에는 틀린 거였고 심지어는 정신병자 취급까지 당할 정도였으니 말이지.

더군다나 우리 일상에서 일어나는 일이나 사람들과의 관계조차도 이분법적으로 재단하는 버릇이 계속되는 한 당연히 수많은 오류는 일어날 수밖에 없을 테지. 그 모든 일들이나 관계는 '장님 코끼리 만지기' 식으로 각자의 경험에 따라서 달리 판단할 수밖에 없고, 때와 장소와 상황에 따라서 언제나 변할 수 있는 것이 분명한 것인데도 말이야.

나 역시 이와 같은 '옳고 그른 것'을 판별하려는 가치관 때문에 크게 충격을 받고 정말 얼굴이 빨개진 적이 있었는데, 그건 아주 거창한 경험이 아니라 아주 작고 우연한 기회에서였던 것 같아.

너희도 알겠지만 1990년대에 파리 출장을 자주 간 적이 있었지. 그 당시 어느 해인가 파리 시내는 거리마다 더럽게 널브러져 있는 담배꽁초와 휴지들 천지였어. 거리에 휴지통 자체도 없었고 말이야. 정말 실망이 이만저만 아니었지.

'이렇게 거리도 더럽고 공중도덕도 안 지키는 나라가 어떻게 선진국이라고 으스댈 수 있는 거지? 정말 한심한 나라네' 하고 속으로 비웃었지. 아무리 프랑스가 낭만적인 예술의 나라이자 현대와 중세가 멋지게 어우러진 국가라 모두가 한 번쯤은 꼭 가보고 싶어 하는 선진국이라 할지라도 말이야. 마침 그들의

아빠의 진심이 너에게 닿기를

자랑인 루브르 박물관을 다녀온 뒤로는 아프리카에서 강탈한 유물들 천지라 '도적놈들이 따로 없네' 하고 생각하던 참이었거든.

그래서 참다 참다 실망감에 물어봤지. 도대체 그 유명한 로망의 대상이었던 파리지앵이라든가 파리지엔느들의 선진 시민 의식은 어디로 가고 왜 이렇게 거리는 지저분하고 사람들은 아무렇지도 않게 꽁초와 휴지를 양심 없이 버릴 수가 있느냐고.

그랬더니 이런 대답이 돌아왔어.

"이렇게 우리가 쓰레기를 버려야 직업이 없는 사람이 고용되어 휴지를 줍게 해 새로운 고용 창출을 할 수 있다"라고.

그냥 그렇게 아무렇지도 않게 대답하는 걸 보고 난 순간, 머리에 무언가 쿵 하고 한 대 크게 얻어맞은 것 같았지.

한국에서는 거리에 꽁초를 버리는 사람은 경범죄 처벌도 받고 나쁜 시민으로 인식 받는데, 여기서는 오히려 그것이 나쁜 일이 아니고 고용 창출을 도와줄 수 있는 행위이구나라는 사실. 그야말로 신선한 문화충격이었지.

그때 사실 나의 이분법적인 생각. 즉 '무엇이 좋고 무엇이 나쁜 건가'에 대한 기존 관념이 무너지는 듯한 큰 소용돌이가 일어났지. 아주 단편적인 이야기지만 내가 지금껏 옳다고 배워 왔고 형성돼 온 가치관들이 송두리째 무너지는 체험을 했던 거지.

아무튼 그게 큰 계기가 된 것 같아. 그래서 그 이후부터는 나는 이분법적인 가치관에서 어느 정도는 벗어날 수 있게 되었어. 내가 배운 '옳다. 그르다'라는 가치관이 어느 누군가 보면 전혀 온당치 않은 것이 될 수 있음을. 인간사 대부분 일들에 대한 '옳다, 그르다' '맞다, 틀리다'라는 판단이란 게, '때와 장소와 상황'이 다르면 얼마든지 바뀔 수가 있는 거라는 사실을, 한 방에 부끄러움을 느끼며 깨달았으니까 말이야.

그러다 보니 그 이후부터는 이상하게 화나는 것도 줄어들고 어떤 상황에서도 다양하게 생각하는 버릇이 생기더라고. 더 솔직히 이야기하면 이해의 폭이 넓어졌다고나 할까?

이런 유사한 경험은 너희도 분명히 있었을 거라 생각해. 그래서 어떤 상황에 대해 못마땅하거나 화가 난 경우가 있다면 그건 아마 너희의 이분법적인 생각이나 고정관념 때문에 그런 감정이 올라왔을 수 있다는 점을 늘 간과해서는 안 될 것 같아.

'옳다, 그르다'라는 두 가지 잣대를 들이대면 사실 내 가치관과 다른 사람들의 생각은 다 옳지 않은 것이고 틀린 거라 생각하게 되거든. 그럼 결국 내 눈에는 남들이 다 잘못하는 것으로 보이겠지.

이 점이 바로 이분법적인 가치관을 가진 사람들의 큰 딜레마야. 그래서 흑백논리가 강한 가치관을 가진 사람일수록 남과 사사건건 부딪치기 일쑤지. 그러다 보니 매일 마음이 심란하고 불안하고 화날 수밖에 없는 상황이 자주 발생하게 되는 것 같아. 사실 세상은 흑과 백만 있는 것이 아니고 다양한 색깔은 물론, 조금 더 옅은 흑색도 있고 조금 더 진한 회색도 있는 건데 말이야.

그래서 너희가 세상을 좀 더 아름답고 평화롭게 살아가고자 한다면 어떤 경우든 '옳다, 그르다' '맞다, 틀리다'라는 이분법적인 가치관에서 벗어나야 하겠지. 그럴 때 비로소 너희 눈앞에는 훨씬 더 여유롭고 멋진 세상이 펼쳐질 거라는 생각이 들어. 게다가 이해의 폭이 넓어지니 남과 충돌할 일도 줄어들고 오해하는 일도 급속하게 줄어들어 타인과의 관계에서 스트레스받는 일 또한 훨씬 줄어들겠지.

일곱 색깔 무지개가 아름답듯이,

우리가 살아가는 세상은 나와 다른 사람들이 살기에 아름다운 거고, 나와 다른 가치관을 가진 사람들이 더불어 살기에 더욱 빛나는 것은 아닐까.

3. 술 조심,
인생은 한 방이다

어느 날 노아가 포도나무를 심고 있었는데 악마가 찾아와서 물었어.

"무엇을 하는 것이오?"

노아가 대답했지.

"포도나무를 심고 있는데 이 열매를 발효시켜 먹으면 기분이 아주 즐겁다오."

이 소리를 들은 악마가 말했지.

"그래요. 그렇게 좋은 것이면 나도 일을 거들고 싶소."

그러더니 악마는 양과 사자 그리고 원숭이와 돼지를 데리고 와서 죽이더니 그 피를 포도나무 거름으로 주었어. 그때부터 그 착한 노아도 술을 즐기게 되었지.

그런데 한 잔 마시면 처음에는 양처럼 순해지다가 취기가 약간 돌면 사자처럼 용감해지고, 술이 거듭될수록 온갖 재롱을 다 떨다가 결국 자기 몸도 못 가누는 상태가 되어 아무 데서나 나뒹구는 돼지처럼 변해버렸어.

《탈무드》에 나오는 이야기지만 술은 천사가 보낸 것이 아니라 악마가 보낸 것이 틀림없을 것이라는 아주 설득력 있는 이야기지. 그 착하디착한 노아도 고주망태로 변해버릴 정도가 되었으니 말이야.

너희는 술에 관해서 어떠한 에피소드를 가지고 있을까? 아마 부끄러운 기억 한두 개쯤은 충분히 가지고 있으리라 짐작되는데. 맞지? 그것이 술로 인한 단순한 해프닝으로 끝나면 좋으련만 혹시 나처럼 아주 큰 실수를 저지르거나 심지어는 남을 불편하게 하여 다시는 기억하고 싶지 않은 경우까지 있었다면 얘기는 달라지는 거지.

술이라는 것은 사실 긴장을 풀어주고 분위기를 금방 화기애애하게 만들어 주니까 사람이 모이는 자리라면 어디를 불문하고 빠질 수 없지. 그런데 이 술이 악마가 보낸 선물이란 것이 틀림없는 게 곳곳에서 벌어지는 사건이 증명하고 있지. 술 먹고 난 뒤의 한순간 실수 때문에 인생 자체가 한 방에 나락으로 떨어진 사람들도 너무나 많은 게 사실이고.

주변을 둘러보거나, 매일 쏟아지는 뉴스만 보아도 평생 명망을 얻기 위해서 노력하고 헌신해 온 아주 훌륭한 인물들이 이 술 때문에 발생한 단 한 순간의 실수 때문에, 그간 훌륭하게 이루어 낸 과거마저 부정당하고 재기할 수 없을 정도로 인생 나락으로 떨어진 경우가 셀 수 없으니까 말이야. 그런 사연을 접하고 나면 씁쓸하기도 하고 안타깝기도 하고, 이게 다 남의 일이 아닐 수 있는 거잖아.

그리고 보면 술이라는 게 사람들에게 도움이 되기는커녕, 사람을 가장 빨리 망가트리는 악마 그 자체라는 생각이 들곤 할 때도 많지. 그래서 이 술을 완전히 끊는다면 좋으련만 쉽지 않은 일이지. 그러지 못한다면 어떻든지 간에 이 술과 슬기롭게 즐기며 동행하는 법을 배워 철저하게 잘 지켜야만 할 것 같아.

가장 중요한 건 내가 술을 컨트롤해야지, 술이 나를 컨트롤하게 놔두어서는 절대 안 되겠지. 여기서 컨트롤이라 함은 어떤 경우든 한계 주량 내에서만 마시고, 절대 결정적인 실수나

눈살 찌푸리는 행동을 하지 않으면서 술을 즐길 수 있어야 한다는 거야.

일단 친구들을 만나든 회사에서의 모임이든 사람이 많이 모이는 술자리일수록 더욱더 조심해야 하고, 한계 주량이 되면 술은 절대로 더 이상 마시면 안 돼. 한계 주량이 오는 그때쯤이면 대개 술이 일 순배 다 돌아가고 분위기도 왁자지껄할 테니 그때부터는 술잔에다가 물을 따라 마시는 게 좋아. 요즈음은 그렇게 하여도 뭐라 눈치를 주거나 그런 사람은 없을 거야. 설령 눈치를 주는 사람이 있더라도 그런 사람은 과감하게 무시하는 게 좋겠지. 그러다 보면 술자리가 파할 때까지 정신도 조금 돌아올 거고 술로 인해서 발생할 여러 가지 실수들은 충분히 방지할 수 있을 거야.

기분 좋게 마시는 건 결국 《탈무드》에서 이야기하는 양처럼 순해지거나 어느 정도 용기가 생기는 사자의 순간까지여야지, 한계 주량을 넘어서 인사불성으로 갖은 재롱을 다 부리는 원숭이나 돼지까지 가게 되는 불상사는 없어야겠지.

어쩌다 가끔은 특별한 날, 예를 들면 너무 고통스럽거나 특별히 즐거운 날 마음껏 취해 보고 싶을 때도 있겠지. 그때는

아빠의 진심이 너에게 닿기를

말이야, 너희가 어떤 실수를 해도 부담 없이 다 받아줄 수 있는 친구나 가족과 마시는 게 좋겠지. 어떤 순간이든 함께 기뻐해 주고, 함께 슬퍼해 줄 수 있는 그들이야말로 진정, 취해서 어떤 실수를 하더라도 따스하게 감싸안아 줄 수 있는 가장 믿음직한 존재들이니까.

아니면 술과 달로 유명해서 일각에서는 주태백이라고도 일컫는 당나라의 시선 이백처럼, 혼자 술을 마시면서 운치 있고 아름답게 취하는 방법도 아주 근사할 거라는 생각이 들어. 혼자 마시는 술이라는 뜻의 〈독작〉이란 시에서 이태백은 이렇게 표현했지.

'석 잔을 마시면 대도에 통하고,
한 말을 마시면 자연과 합치되네.

다만 취한 가운데 기분이 즐거우면 되는 거지,
깨어있는 사람에게 전하지 말게나.'

이 또한 얼마나 멋들어진 말이야. 나 혼자 취하면 되지, 굳이 다른 사람과 부산스럽게 술판을 벌일 필요가 없지.

이게 바로 진정 술이 주는 즐거움 아닐까?

부디 당부하노니,

'술을 마실 때는 얼핏 보면 아름다운 꽃길을 걷고 있는 것 같지만 실상은 예리한 칼날 위를 맨발로 걷고 있는 것과 같다'는 점을 항상 명심하길 바랄게.

아무튼 건강에도 좋지 않고 한 방에 인생의 모든 것을 잃을 수 있는 술.

"자나 깨나 술 조심, 앉으나 서나 실수 조심."

아빠의 진심이 너에게 닿기를

4. 내 몸이 편하면
주위 사람이 힘들다

참 둔하기도 하지. 내가 이 말을 온몸으로 깨우친 건 나이가 무려 오십이 넘어서인 것 같구나.

어린 시절이나 학창시절에는 워낙 에너지가 넘쳐서 아무리 밤새워 일을 한다 해도 힘이 드는 줄을 전혀 느끼지 못했지. 설령 뻗을 만큼 힘들었어도 하룻밤 푹 자고 나면 컨디션이 바로 회복이 되니 내가 힘들건, 옆에서 누가 힘들건 간에 그냥저냥 이렇게 살아가는 게 당연한 인생살이거니 했어.

근데 내가 이 말을 속뜻까지 완전히 깨우친 건 101세에 돌아가신 할머니와 함께한 날들과 십오 년간 거의 하루도 안 빼놓고 길동무들을 돌보면서부터였던 것 같아.

너희도 알다시피 할머니는 90세가 넘어가면서부터는 신체가 크게 이상이 없으셨어도 무릎이 아파서 걸어 다니시는 게 아주 불편하셨지. 하지만 돌아가시기 한 달 전까지만 해도 워낙 정신은 총명하셔서 난 그것만으로도 자식으로서 큰 축복이라고 여기며 늘 감사하며 살아왔던 것 같아.

　사실 늘 주말에 모시고 다니며 맛난 거 먹으러 다니는 건 너무도 즐거운 일이라 전혀 힘들지 않았는데, 거동이 불편하시게 된 이후로는 여러모로 많이 힘들더라고. 특히 퇴근하면 할머니 대신 청소는 물론, 시장도 매일 봐야 하고 다리에 피가 잘 돌게끔 발과 다리도 닦아 드리고, 일요일엔 목욕까지 시켜 드려야 하니 다 끝나면 언제나 녹초가 되곤 했지.

　그런데 정말이지, 젊을 때 전혀 몰랐던 것들인데 나이가 오십이 넘어가고부터는 슬슬 힘에 부치더구나. 그렇게 점점 시간이 감에 따라 몸이 힘들었던 건 사실이지만, 그래도 머리칼이 하얀 아들이 백 세 엄마랑 같이 오순도순 이 이야기, 저 이야기, 이야기꽃을 피울 수 있는 엄마가 내게 있다는 사실 하나만으로도 난 얼마나 편안하고 행복했던지.

　할머니는 늘 이런 말씀을 하시곤 했지.

"아이고, 내가 갈 자리로 얼른 가야지, 네가 좀 편할 텐데. 나야 어떤 원도 없을 정도로 이렇게 행복한데 너는 맨날 쉬지도 못하고 얼마나 힘드냐."

그때마다 난 할머니 앞에서 이렇게 허세를 부리곤 했지.

"엄마~ 엄마한테 이렇게 하는 게 정말로 힘 하나도 안 들어. 엄마 끝나고 나면 밤에는 길동무 돌보러 나가는 거 잘 알잖아. 힘이 남아도니까 이렇게 하는 거지. 엄마는…."

솔직히 왜 나라고 몸이 안 힘들었겠냐. 그런데 희한한 게 할머니 챙겨드릴 때만큼은 어디서 그런 기운이 솟구치고 마음이 즐거워지는지 정말 알 수 없는 일이더라고.

난 그때부터 이런저런 생각을 참 많이 했던 것 같아. 만일 나 몰라라 하고 몸이 편하고자 한다면 할머니는 분명히 몸이 안 좋아지시거나 힘이 드실 테고, 그럼 주위 어느 누군가가 내 몫을 감당해야 하니 이거 보통 일이 아니겠구나. 그러니 이 세상 다하시는 날까지 아무리 힘들어도 내가 끝까지 해야겠다고 다짐했지.

그런데 이게 머리로 느끼는 거랑 온몸으로 부딪히며 느끼는 거랑은 확실하게 차이가 있더라고. 아마 너희는 내가 무슨 이야기를 하려는지 잘 알 거야.

지금은 시대도 많이 바뀌었고 돌보아야 할 대상이 중요한 만큼 너희 자신도 소중하기에 무조건 나처럼 하라는 말은 절대 아니지. 다만 어떤 일이나 사람을 불문하고 네 몸을 던져서 희생을 해야 할 순간이 있다면, 나름 상황별로 다르게 대처해서 현명하게 처신하는 것이 모두가 행복해지는 길이 아닌가싶어. 그래서 세 가지만 당부하려고 해.

첫째, 지금 아기를 낳아 최선을 다해 양육하는 것처럼, 온몸을 다 바쳐서 무조건 사랑해야 할 대상인 경우야.

그렇다면 적어도 부부지간에 '내가 더 힘드네, 네가 더 힘드네' 절대 묻지도 따지지도 말고, 내가 힘이 더 들지라도 모든 마음과 정성을 다 바쳐서 상대방에게 최선을 다했으면 좋겠어. 그래야 나중에 후회가 없어. 그런 희생은 무엇보다도 아주 보람 있고 가치 있는 일일 테니까.

둘째, 직장에서 발생할 수 있는 아주 미묘한 문제인데 주위에 보면 실제 시쳇말로 간혹 자기 몸 편한 게 우선인 탱자탱자하는 사람들도 분명히 있을 거야. 보고 있으면 진급이나 성취 여부를 떠나서라도 정말 화가 나고 짜증이 날 만도 하지. 한

팀원이면 더욱더 그렇겠지.

하지만 그럴 경우라도 너의 일에 어떤 소홀함이 있어서는 절대 안 돼. 전심전력 최선을 다하는 게 좋아. 단, 그 사람의 일까지 덮어서 할 필요는 없는 거지. 사실 그런 건 네가 해결할 문제가 아니고 엄연히 조직에서 해결할 문제이니까 그럴 땐 그냥 단순하고 프로답게 대응하는 게 좋아.

또한 역지사지도 해봐야겠지. 직장생활 중에 몸이 편할 때는 혹시 다른 직원이 너희로 인해서 불편하거나 힘이 더 들 수도 있는 거니까 사전에 그런 일만큼은 절대 발생하지 않도록, 가끔은 주변을 살펴보는 습관을 갖는 것도 좋아.

셋째, 친구들 사이에서도 어쩌면 많이 발생하는 문제일 거야.

네가 편하고 행복할 때 심심찮게 친구가 불편함을 참고 있는가는 늘 살펴볼 필요가 있어. 그게 진정한 존중이고 배려거든. 그래서 사람과의 관계에서는 본디 일방적인 희생이 아닌, 약간 정도는 네가 손해 보는 듯이 사는 게 정답이고 참으로 지혜로운 삶인 거야.

'내 몸이 편하면, 주위 사람이 힘들다'라는 말.

언제나 잊지 말고 주위 사람들에게 폐 끼치지 말고 언제나 주변에 도움을 줄 수 있는 따스한 사람으로 더욱 성장해 나가기를.

5. 세상은 원래 불공평하다

요즘 들어 젊은 층에서 '세상이 너무 불공평하다'라는 이야기가 정말 많이 나오는 것 같아.

누구는 나보다 잘난 것 하나도 없는 것 같은데 금수저로 태어난 덕에 빈둥거리며 살아도 돈 걱정 하나 없이 살지. 좋은 집, 좋은 차에 좋은 옷 입고 룰루랄라 여행만 다니며 잘살고 있고. 나는 새벽부터 밤늦게까지 투 잡, 쓰리 잡을 뛰어도 그들 발뒤꿈치도 못 따라가니 그 상대적 박탈감이야말로 이루다 말할 수가 없을 거야. 가끔은 화도 불쑥불쑥 올라올 테고 말이야.

더군다나 요즘 젊은이들은 특히 경제적인 문제로 결혼 준비가 늦어져서 초혼 연령이 5~6년 이상 늦어진다지? 이것 또한 이런 현상과 무관치 않다고 보니 참으로 속상하고 안타깝기도 하고 그래.

　그러다 보니 요즘 들어 부쩍 우리 사회에 '공평'이나 '공정'이라는 단어가 화두로 떠오르는 게 우연은 아니겠지. '공정'이란 단어는 정신적인 부분이 크겠지만 '공평'이라는 단어는 물질적인 것에 더 맞닿아 있다 보니까 사람들이 훨씬 예민하게 반응하는 것은 어쩌면 당연하다는 생각도 들어.
　그런데 말이야, 자본주의 사회에서 애초에 공평이란 게 존재할까? 아니 공산주의라 해도 배급을 주는 자와 배급받는 자로 나누어질 텐데. 말장난일 뿐이지. 더군다나 그렇게 공평을 강조하던 공산주의라는 이데올로기는 자본주의에 비해 완벽히 패배했거나 삶의 경쟁력을 상실한 지가 오래된 낡은 이념에 불과하게 되었고. 결국 '이 세상은 불공평한 곳이다'라는 게 맞는 말이라는 생각이 들어.

　사실 '세상은 공평해야 한다'가 말이 되려면 다른 것은 다 제쳐두고라도 이런 전제부터 성립되어야 하는 게 아닐까.
　'사람은 누구나 같은 생김새나 성격 그리고 키나 아이큐 등 모든 것이 다 똑같은 상태로 태어나야 한다'는 전제.

그런데 절대자께서 인간의 모습이나 재능 등을 서로 다르게 만들었다는 것 자체가 태초부터 세상을 공평하지 않도록 만들었다는 반증이 아닐까 싶어. 그러고 보면 불공평이 곧 순리이자 자연의 질서인 셈이 되는 거겠지.

이토록 세상은 이미 출발부터가 불공평한 곳이기에 오히려 과감하게 뛰어들어 볼 만하다 생각하지 않니? 어떤 부분이 부족한 환경이라 해도 너희가 먼저 인정하고 받아들일 때, 비로소 그것을 극복하기 위하여 더욱 독하고 신나게 도전할 마음이 생길 거라 믿어.

이런 말이 있지. '우리나라 사람들은 배고픈 건 참아도, 배 아픈 건 못 참는다.' 개인들의 노력과 상관없이 이 말보다 우리나라 사람들이 얼마나 공평을 갈구하고 있는가를 더 잘 나타내는 말은 없지 않을까 싶어.

사실 이 말에는 정당한 노력 없이 '세상은 공평한 곳이어야 한다'라고 우기거나 떼를 쓰는 느낌이 들고, 시샘이나 질투 그리고 패배주의가 물씬 묻어나는 말 같아서 나는 아주 싫어하는 말이야. 아마 '사촌이 땅을 사면 배가 아프다'라는 속담도 비슷한 말이겠지.

그래서 너희는 세상 자체는 이미 불공평한 게 세상의 자연스러운 이치라고 긍정적으로 받아들였으면 좋겠어. 그러다 보면 굳이 남과 비교하려는 마음이나 상대적인 박탈감 또한 줄어들게 될 거고, 설령 고난이 닥치더라도 흔들리지 않고 마음의 평정을 금세 찾을 수 있을 거야. 반면에 좋은 부분을 가지고 있다면 감사하는 마음으로 더 갈고닦아서 미래 행복한 삶의 자양분이 될 수 있도록 더욱 발전시켜 나갈 수 있을 테고.

그래도 세상이 아무리 불공평할지라도 잊지 말아야 하는 게 있어.
결코 돈으로는 살 수 없는 맑은 공기, 아름다운 자연, 그리고 우리 모두에게 똑같이 주어진 시간 등.
우리가 살아가는 데 가장 필요하고 소중한 것들은 누구에게든 공평하게 주어졌다는 사실을.

그러니 아무리 힘든 순간이 와도 좌절하지 말고 끝없이 도전하고, 떨치고 일어나 과감하게 전진 또 전진하자고.

아빠의 진심이 너에게 닿기를

6. 항상 사물의
밝은 면을 보아라

지금은 영어 잘하는 사람들이 천지이고 학생들도 웬만하면 다들 잘하는 것 같은데 예전에는 영어 공부라야 문법이나 독해 정도가 거의 다였지.

중학생 때였을 거야. 그때는 영어 시간이 되면 학생들은 읽고 더듬더듬 해석하는 게 전부고 회화는 그야말로 꿈도 꾸지 못하던 시절이었으니까. 심지어 영어를 가르치는 선생님들조차 미군 부대 근무 경험이 없으면 대부분 회화를 하지 못했던 시절이었지. 그나마 다행이었던 게 3학년 때 담임이 미군 부대 경험이 있는 선생님이었는데 나야 실력이 워낙 형편없었을 테니, 선생님이 영어 회화를 잘하시는지 어떤지 판별할 능력도 당연히 없었겠지.

하지만 그래도 그 당시 더듬더듬 배운 영어 중에 그때부터 지금까지 평생의 좌우명이 되어 내 삶의 방식에 정말로 도움이 많이 된 한 구절이 있어.

"항상 사물의 밝은 면을 보아라."

(Always look on the bright sides of things.)

이 좌우명 덕에 어쩌면 난 세상을 비관적이고 부정적으로 보는 대신 웬만하면 긍정적이고 낙관적으로 보는 습관이 평생 몸에 밴 것 같아. 세상을 살아오면서 아무리 어려운 일이나 고난이 닥쳐도 큰 고민 없이 대수롭지 않게 생각하며 고비 고비마다 극복하고 살아온 것도, 어쩌면 어려서 본 저 구절이 습관처럼 몸에 밴 사고 덕택에 가능했단 생각이 들곤 했지.

불교에서 '인생(人生)은 고해(苦海)'라고 했던가. 고통의 바다라고. 그러면서 다른 한편으로는 '일체유심조(一切唯心造)'라고도 했지. 모든 것은 마음먹기에 달린 것이라고.

맞아. 우리가 세상 혹은 만물을 어떤 시각에서 바라보느냐에 따라서 세상은 늘 지옥이 되기도 하고 천국이 되기도 하는

아빠의 진심이 너에게 닿기를

것은 틀림없는 사실이지. 아무리 돈이 많은 사람도 끝없는 탐욕과 불안 속에서 살면 그 자체가 온전한 삶이 되지 못하고 지옥에서 사는 거랑 마찬가지인 것처럼.

어릴 때 그런 적이 있었어.

연말이 되면 으레 정치인이나 기업인들이 전방부대 위문을 많이 하곤 했었지. 그러고는 예외 없이 TV나 신문에 기념품을 쌓아 놓고 그분들 사진이 보도되곤 했는데, 그때 대부분 사람들 반응이 어땠는지 알아?

"왼손이 하는 일 오른손이 모르게 해야지. 저게 무슨 폼잡는 거냐?"

"저게 사진 찍으러 간 거지, 진짜 격려하러 간 거냐?" 등.

그런 소리를 곁에서 듣고 있으면 난 어린 나이에도 오히려 그렇게 말하는 사람들이 도저히 이해가 안 가더라고. 나는 그때 혀를 차는 사람들을 보면서 속으로 이런 생각이 들었거든.

'아니, 저분들이 군부대를 방문해서 사진을 찍든 말든, 기념품 전달한 건 사실일 테고, 실제로 티끌만큼이라도 군인들 역시 도움받은 것은 사실일 텐데. 왜들 그러는 거지? 결과적으로 선물도 못 전하면서 뒤에서 구시렁구시렁대는 사람보다 저 사람들이 훨씬 나은 사람들 아닌가' 하고 말이야. 이렇게 생각하면서도 한편으로는 '내가 이상한 건가?'라고 잠시 고민을 했던 것 같기는 해.

돌이켜보니 그렇게 구시렁대던 사람들이나 나나 누가 옳은 건지는 아직까지 잘 모르겠어. 하지만 난 어릴 때부터 좀 그런 사고를 가지고 있던 것 같아.

이런 말이 있지?

"고운 사람 미운 데 없고, 미운 사람 고운 데 없다."

이 속담 역시 '사물의 어두운 면을 보지 말고 밝은 면을 보면서 살아가자'라는 말을 아주 잘 표현한 것 같아서 내가 참 좋아하는 말이지.

사물이란 항상 음과 양, 밝은 면과 어두운 면의 양면이 존재하는 게 세상의 자연스러운 이치겠지. 하지만 그중 어떤 면을 더 많이 바라보고 사느냐 하는 것은 순전히 개인의 선택에 달린 문제라고 생각해. 어느 쪽으로 자기의 사고가 기울어져 있느냐에 따라서 살아가면서 느끼는 행복의 감정도 다 천양지차일 테니까.

사실 나는 이 좌우명 덕에 결론적으로 좋았던 점이 훨씬 더 많았는데 특히 인간관계에서는 더욱 그랬던 것 같아. 사람을 만나고 사귀다 보면 순간적으로 그 사람만이 가지고 있는 밝은 면이나 고유의 장점을 파악하는 데 다른 사람에 비해 잘 발달된 것처럼 느낄 때가 많았거든. 그러다 보니 의도적으로 인간관계를 넓혀가며 살지는 않았어도 대부분은 아주 오래 가는 경향이 많았던 것 같아.

그게 왜겠니? 그 사람의 좋은 점, 밝은 면을 그렇게 많이 알고 있는데 오래 가지 않을 이유가 없었던 거겠지. 실제로도 다양한 장점을 가진 사람들에게서 알게 모르게 도움을 받은 것도 많고 배운 것도 많아서, 돌이켜보면 '어릴 때 그 구절을 만나지 않았으면 참 힘들었겠다' 느낄 때가 지금도 참 많아.

인간이라면 누구나 어두운 면이나 단점이 있겠지. 그러나 그 어두움의 크기보다 훨씬 큰 크기로 그 사람의 밝은 면이나 장점을 발견하다 보니 자연스럽게 상대방을 존중하고 인정할 수밖에 없었던 것 같아. 그러다 보니 살아오면서 대인관계 때문에 아주 크게 고민해 본 적은 별로 없었지.

너희는 어떤 좌우명을 가지고 있니?
만일 좌우명이 없다면 한번 생각해 보렴.

'항상 사물의 밝은 면을 보며 살자.'

어때?

그리하면 일단 마음이 편안해지고, 인간관계에 대한 고민이
줄어들어 '세상은 충분히 살만한 가치가 있고, 아름다운 곳이
다'라는 감정을 많은 순간에 느낄 수 있을 거야. 더욱 중요한
건, 이 가치관 땜에 아무리 어려운 고난이 너희에게 닥쳐도 극
복할 힘이 자연스럽게 생길 수 있다는 점 또한 너무도 소중한
혜택이지.

이왕 한 번뿐인 인생, 어떤 사람이든 일이든 만물이든 나쁜
쪽으로 생각지 말고, 매사를 이쁘게 긍정적으로 좋은 점을 바
라보며 살아가 보자고.

그래서 어디에 있건 항상 행복을 느낄 줄 알고, 너희와 함께
있는 다른 사람들도 더불어 행복할 수 있다면 더 이상 무얼 바
라겠니. 그게 최고지.

아빠의 진심이 너에게 닿기를

7. 세상에 쓸모없는 존재는
아무것도 없다

세상에 존재하는 모든 것 중에 과연 쓸모없는 것이 있기는 한 걸까? 길거리에 나뒹구는 아주 작은 돌부리 하나조차 돌탑을 쌓거나 돌담의 틈을 메우거나 받칠 때 아주 요긴하게 쓰이고 있으니 말이야. 하물며 만물의 영장인 사람이야 오죽하겠니? 그러니 사람들 간에 지위고하 남녀노소 빈부귀천을 따지는 것도, 어찌 보면 우스운 소리가 될 수 있겠지.

혹시 무용지용(無用之用)이란 말을 들어보았니? 글자 그대로 풀이하면 '쓸모없는 것이 쓸모 있는 것'이라는 이야기지.

《장자》의 '인간세편'에 보면 이런 이야기가 나와.

'무릇 산의 나무는 쓸모가 있음으로써 벌목이 되어 자기 몸에 해를 입는다. 등불은 밝힘으로써 자기 몸을 태운다. 계수나무는 식료가 되고, 옻은 도료가 됨으로써 벌목을 당하고 꺾이기도 한다. 사람들은 다 유용의 용만 알고 무용의 용은 알려고도 하지 않는다. 참으로 가련한 일이다.'

우리나라 속담에도 이와 비슷한 이야기가 있지. 혹시 '굽은 소나무가 선산을 지킨다'라는 말 들어봤지? 소나무가 볼품없이 뒤틀리고 굽어졌으니 대들보나 서까래로도 아무짝에 쓸모가 없어서 아무도 거들떠보지 않은 덕에, 목숨을 보전하여 오래도록 남아서 선산을 지킬 수 있다는 그 속담. 가족이나 조직에서 아주 자주 쓰는 말이기도 하지.

한편 《장자》는 또 '황천'에서 이렇게 이야기하고 있어.

'쓸모가 없기 때문에 쓸모가 있는 것이라네. 땅바닥만 해도 그렇다. 인간이 서 있기 위해서는 발을 딛고 설 땅만 있으면 그만이지. 그런데 발 디딘 곳을 제외하고 그 둘레의 땅을 다 파 없애버린다고 생각해 보게. 그럼 내가 딛고 있는 땅이 무슨 소용이 있겠는가?'

아빠의 진심이 너에게 닿기를

참으로 설득력 있는 이야기지. 서 있으려면 딱 한 자 정도의 땅만 남기면 되는데, 그렇다고 그 한 자만 남기고 주위 땅을 파서 다 없애버린다면 어떻게 될까? 과연 겁이 나서 서 있을 사람이 있을까? 그야말로 오금이 저리고 소름 끼쳐서 단 1초도 서 있을 수 없겠지.

그래서 나에게 전혀 필요 없다고 생각한 그 나머지 땅들이 반드시 필요하다는 깨달음을 주는 게 《장자》의 '무용지용'이 주는 교훈이야.

이 무용지용의 고사는 그래서 현세를 살아가는 우리들의 삶에도 매우 시사하는 바가 크다는 생각이 들어. 지금까지 너희들은 20~30여 년 동안 살아오면서 무용지용 관련, 어떤 경험들이 있을까?

어떤 물건이 당장 필요 없어서 버렸는데 나중에 필요해서 다시 찾게 된 적도 있었을 거 같고. 혹은 어떤 친구는 내게 전혀 도움이 되지 않는 사람이어서 안 좋은 일로 다투다 척지면서 지냈는데 나중에 그 친구의 도움이 필요했던 일도 있었겠지. 함께 일했던 어떤 사람이 매우 능력 없다고 느꼈었는데 어떤 특정한 업무에서는 커다란 능력을 발휘하는 예도 종종 목격했을 테고 말이야.

아마 이런 예들이 대개 너희가 겪었던 광의의 무용지용을 설명해 주는 경험들이 아닐까 싶어. 이렇듯 무용지용은 우리 삶 깊은 곳에서 언제나 살아 있기에 이 무용지용이 주는 교훈을 언제든지 잊지 않고 살아가면 좋겠구나.

만일 너희가 이 무용지용의 교훈을 잊지 않고 살아가면 과연 어떤 변화가 있을 수 있을까.

아마 가장 먼저 세상의 만물이나 자연을 바라보는 시각이 달라지지 않을까 싶어. 세상에는 어느 하나 버릴 것 없이, 각자의 자리에서 각자의 역할을 다하고 있는 사물을 관찰할 수 있는 새로운 시각이 생긴다는 건, 참으로 놀라운 경험이 될 거야. 길가의 나무 한 그루, 풀 한 포기에서조차도 생명에 대한 외경심을 가질 수 있는 계기가 될 거고, 심지어 길거리에 구르는 돌멩이조차 예사롭지 않게 보일 거야.

그러나 보다 중요한 변화는 직장에서 동료나 상하를 대하는 자세나 관점이 많이 달라질 수 있다는 점이지. 설령 너희와 관계가 없거나 먼 사람들일지라도 모두 다 자기만의 장점을 가진 소중한 사람들이란 생각도 들 거고. 그러다 보면 인간관계도 훨씬 더 부드러워지고 예전보다 타인을 인정하고 존중하는

아빠의 진심이 너에게 닿기를

자세가 강화되어 많은 사람과 더 우호적인 관계가 형성될 것이 틀림없어. 직장뿐 아니라 친구 혹은 일반적인 인간관계에서도 마찬가지겠지.

자, 그렇다고 '무용지용' 때문에 일부러 굽은 소나무가 될 필요는 없는 거겠지.

'무용지용(無用之用)',
세상에 쓸모없는 것은 아무것도 없다.

항상 이 무용지용의 자세로 너희와 주위 모든 이의 가치를 인정해 주고 사랑하며 존중해 주기를. 그래서 보다 더 넓은 마음으로 세상을 살아가는 지혜로운 자 되기를.

8. 지금,
같이 있는 사람에게 잘해라

'사람에게 가장 중요한 금이 세 가지가 있다'라고 하는데, 그것이 무엇인지 들어본 적 있지? 워낙에 많은 사람에게 회자되고 있는 말이니 너희도 당연히 알 거야.

'황금, 소금, 지금'

난 '지금'의 중요성에 대해서 이보다 더 잘 나타낸 말은 없다는 생각이 들어. 그것이 사적인 관계이든 공적인 업무이든 관계없이 일할 때나 사람을 대할 때는 늘 '그 일과 사람에게 집중하고 최선을 다하라'는 교훈을 주는 말이지.

아빠의 진심이 너에게 닿기를

하지만 이게 말은 쉬운데 참 지키기가 만만치 않을 거야. 인간은 누구나 좋아하거나 싫어하는 사람이 있고, 여러 가지 상황에 따라 마음이 내키지 않을 때도 제법 많거든. 이런 경험 정말 너희도 수없이 많았을걸.

내게도 '지금'과 '같이 있는 사람' 두 가지를 동시에 잘못했던 정말 잊혀지지 않는 기억이 하나 있어. 한참 배움의 시기인 학창시절 이야기지만 참으로 부끄러운 이야기지.

그때가 아마 고등학교 2학년 때인가 그럴 거야. 영어 시간이었지. 그쯤이 중간고사 볼 때쯤 무렵이었을 텐데, 수학 시험 준비를 하느라 영어 수업은 듣는 척도 안 하고 몰래 책상 밑에 수학책을 놓고서 문제를 풀다가 그만 딱 걸리고 말았지.

선생은 화가 나서 얼굴이 붉으락푸르락했지. 결국 수업이 끝나고 교무실에 끌려갔어. 선생은 잘못했다는 소리를 하라면서 회초리로 손바닥을 사정없이 때리더라고. 그것도 얼굴과 회초리에 가득 감정을 실어서. 내가 끝내 잘못했다는 말을 안 하니 얼굴에 독이 올라 손바닥을 계속 때리더라고. 결국 옆에서 지켜보던 다른 선생님 두 분이 그만하시라고 영어 선생을 말려서 그렇게 끝나긴 했어.

사실 그 이전부터 반 아이들 거의 모두가 그 영어 선생에 대한 반항 심리가 누구라 할 것 없이 굉장히 컸었거든. 지금 60대가 되었는데도 그 선생 이야기가 나오면 아직도 부들부들 떠는 친구들이 한둘이 아니니까.

그 선생님은 가르치는 것도 아주 별로임에도 불구하고 학생들을 대놓고 자주 무시하곤 해서 거의 모든 학생이 고개를 절레절레 흔들었거든. 나야 그렇게 무시받을 정도는 아니었는데도 오히려 내가 수업 시간에 대놓고 반항을 해버린 셈이 된 거니 그 선생이 얼마나 더 약이 올랐겠어. 때리는 시어머니보다 말리는 시누이가 더 밉다고.

이것이 나로서는 좀 아픈 기억이지만 내가 '지금 하는 일과 사람'에 집중하지 못한 대표적인 예인 것 같아. 영어 시간에 수학 공부를 한 것도 잘못이었지만, 선생님의 이야기에 전혀 신경도 안 쓰다가 결국 끌려가서 회초리까지 맞았으니. 사실 선생님과 학생 간에 전후 사정이 있다 하더라도 내가 한 행동은 당연히 잘못된 것이었지.

너희에게 '지금 함께하는 사람에게 잘해라' '지금 하는 일에 집중하라' 당부하면서, 오히려 정반대의 행동을 했던 내가 너

아빠의 진심이 너에게 닿기를

희들은 이러면 안 된다고 글을 쓰고 있으니 부끄럽기도 하지만 한편 미안하기도 하고 그러네. 마치 게가 자식에게 자기는 옆으로 걸으면서 너는 똑바로 걸어야 한다고 하는 것처럼.

　그런데 그게 부모 마음인 거 잘 알지? 자식들은 나보다 더 낫기를 바라는 마음. 나 같은 실수를 저지르지를 않기를 바라는 마음. 아마 너희도 내 맘을 충분히 이해할 거라는 생각이 들어.

　'지금'이 얼마나 중요한가에 대해서는 사실, 러시아의 대문호 톨스토이도 그의 단편 소설인 〈세 가지 질문〉에서 이미 이렇게 이야기했더구나.

　"기억하게. 가장 중요한 시간은 바로 지금이라네. 그 이유는 그 시간에만 자신을 통제할 수 있기 때문이지. 그리고 가장 필요한 사람은 지금 만나고 있는 그 사람인데, 다른 사람과는 앞으로 어떤 관계를 맺을지 전혀 모르기 때문이지."

　한낱 짧은 소설에 나오는 이야기이지만 인간과 삶의 본질에 관한 그의 혜안과 통찰력을 보고 있노라면 왜 톨스토이를 대문호라고 칭하는지 더 쉽게 이해할 수 있을 것 같아.

이제 왜 너희가 지금 같이 있는 사람에게 잘해야 하는지를
충분히 이해할 수 있으리라 믿어.

한번 함께 잘 실천해 보자꾸나. 당장 할 수 있는 것부터.

집에서는 남편과 아이에게 잘하기.

직장에선 상사나 부하 혹은 동료에게 잘하기.

친구랑 함께 있을 땐 친구에게 잘하기.

언제?

바로 지금.

아, 하나 빠지면 섭하지.

엄마 아빠 보러 집에 오면 아빠 엄마한테 잘하기.

물론 아빠 엄마도 너희들 오면 너희에게 잘해줄게. 이쯤 되
면 너희들 나올 소리 또 뻔하지. 엄마 아빠도 그만 토닥대고
서로서로 잘할게. 지금 당장.

자, 약속!

　　　　　　　　　아빠의 진심이 너에게 닿기를

9. 주위의 평판에 신경 쓰지 말고
당당히 너의 길을 가라

긴긴 여름날, 학교를 다녀왔는데도 하루가 너무 길어서 낮잠을 자고 있었지. 그런데 갑자기 형, 누나들이 늦었다고 빨리 학교에 가라며 흔들어 깨우는 거야. 마침 해도 어둑어둑하니 영락없이 아침인 줄 알고 가방을 메고 허겁지겁 문밖을 나섰지. 그 순간 뒤따라 나오며 까르르 웃는 모습들.

그때 동네에선 한동안 초등학교 1학년이 있는 집마다 이런 게 유행된 적이 있었어. 나도 영락없이 통과의례처럼 멋지게 당했는데 지금 돌아보니 참 까마득한 옛날이야기네.

어릴 때는, 하루해가 왜 그렇게 길었는지 모르겠어. 참 희한하지. 그때의 기억으론 하루도 하세월이라 느꼈기에 사람의 일생이라는 건 감히 상상조차 할 수 없는 정도로 억겁의 세월이라 생각했지. 그런데 이제 나이가 들어보니 옛날 어른들 말씀대로 눈 깜빡 한 번 떴다가 감은 것 같은데 벌써 이렇게 머리에 하얗게 서리가 내려앉았구나.

지금은 고령화 시대라 60대이면 아직 청춘이어야 맞는 거겠지. 하지만 정신이나 사고는 젊은 날처럼 거의 그대로인데 쓸쓸하게도 신체는 조금씩 퇴화하는 것을 느끼게 되니 어쩔 수 없는 노릇이긴 하지. 기계도 오래 쓰면 조금씩 고장 나듯이 말이야.

참 인생이란 이토록 짧고 허무한 것일진대, 부모님들이 살아 계실 그때는 왜 그걸 몰랐을까. 몸은 비록 늙으셨을지라도 마음은 늘 청춘이셨을 거라는 점까지는 미처 헤아리지 못했다는 점을 이제야 깨닫게 되니 실로 가슴이 미어지는구나.

그래서 이야기인데 이토록 짧은 우리네 인생길을 어떻게 살아야 가장 가치 있고 보람되고 후회 없는 삶을 살 수 있는 걸까.

결론부터 이야기한다면, 너희들에게 '남이 옆에서 뭐라 하든 절대 흔들리지 말고, 네가 하고 싶은 건 다 해보면서 당당하게 살아가라'는 말을 꼭 해주고 싶어.

사실 남들은 실제 다 제 코가 석 자라 대개 생각하는 것만큼 너희에게 별로 관심이 없어. 어쩌다 이야기한다 해도 수다나 가십 정도의 이야기 수준이지, 진지하게 네 고민이나 행복에 대해서는 그리 심각하거나 중요하게 생각하지 않거든.

그리하여 난 당당하고 자유롭게 너희가 하고 싶은 대로 살아가는 삶이야말로, 진정 한 인간으로서 행복에 이르는 지름 길이자 눈감을 때 후회를 가장 덜 할 수 있는 가치 있고 멋진 삶이라고 생각해.

그러나 모든 자유에는 책임이 따르듯이 너희가 하고 싶은 대로 모든 걸 다 하면서 당당하게 살아간다 해도 반드시 다음 두 가지는 지켜가면서 해야겠지.

첫째는 네 주변의 사람들이 너희를 위해서 희생되어서는 안 된다는 점이야.

결혼을 했다면 가족이 희생된다면 안 될 것이오, 직장생활을 하는 중이라면 역시 너의 행복을 위해서 조직이 희생되어서는 안 된다는 뜻이지.

둘째는 현재나 후대의 사람들에게 선한 영향력을 끼칠 수 있어야 한다는 점이야.

선한 영향력이라 해도 복잡하거나 거창하게 생각할 필요 없어. 취미로 하는 연극이나 뮤지컬도 사람들에게 선한 영향력을 줄 수 있는 좋은 일이고, 단순히 길을 가다가 넘어져서 우는 아이를 일으켜 주는 것도 다 선한 일일 테니까.

그러니 상기한 두 가지에 위배되지 않는다면 한 번뿐인 인생 멋지고 당당하게 너의 인생을 하고 싶은 거 다 해보면서 즐기라고 꼭 권유하고 싶어.

아름다운 자연을 실컷 만끽하며 이곳저곳 여행도 다녀보고, 맛난 것 있으면 골목골목 찾아다니며 먹어보기도 하고, 재미난 것 있으면 신나게 즐겨보기도 하고. 그러다가 지치면 멋지게 예술 활동에도 직접 참여해 보고, 좀 더 나은 세상을 위해서 봉사활동도 맘껏 해보기도 하고, 사랑도 실컷 해보고, 돈을 벌고 싶다면 실컷 벌어보고 등등. 그렇게 너희가 해보고 싶은 일을 자유롭고 당당하게 해볼 수 있다는 건 정말 생각만 해도 너무나도 신나고 멋진 인생 아니겠니?

혹시 유명한 팝송 프랭크 시나트라의 노래 〈My way〉, 잘 알지? 너희가 어렸을 때 노래방에 가서 아빠가 이 노래를 부

아빠의 진심이 너에게 닿기를

를 때면 웩웩~댄다고 늘 놀리곤 하던. 이 노래에는 내가 너희에게 하고 싶은 그런 내용들이 아주 잘 나타나 있어. 그럼, 가사를 함께 음미해 볼까. 난 이 가사처럼 당당하고 후회가 남지 않을 너희만의 멋진 인생을 잘 살아 나갔으면 좋겠어.

'자, 이제 끝이 가까워지네.
내 인생의 마지막이 다가오고 있어
친구야, 분명히 말해 둘 게 있어.
내가 확신하던 나의 이야기를 해줄게.

난 충만한 인생을 살았고,
갈 수 있는 모든 길을 다 가보았어.
그리고 무엇보다 중요한 건,
내 방식대로 나의 길을 걸어왔다는 거야.

후회도 약간 있었지만 그렇게 언급할 정도까진 아니지.
나는 내가 해야 할 일을 했고,
예외 없이 끝까지 해나갔지.
해야 할 일을 계획했고 그 길을 조심스럽게 걸어왔어. 그리고 무엇보다 중요한 건 내 방식대로 살아왔단 것이야.

그럴 때도 있었어. 너도 물론 알고 있을 거야.

견디기 힘든 일들도 있었거든.

그러나 그 모든 일들을 겪으며,

살짝 의심이 들기도 했지만 난 결국 해냈지.

난 모든 걸 당당히 받아들였고 모두 버텨냈어.

그리고 나만의 길로 걸어왔지.

난 사랑도 했고, 웃기도 울기도 했어.

충만함과 실패를 모두 겪기도 했지.

그런데 이제 눈물이 멈추고 나니

이 모든 게 즐거웠다고 느껴져.

내가 모든 일을 다 해냈다고 생각하니 말이야.

그리고 이렇게 말할 수도 있을 거야.

수줍어하지도 않았다고.

아니, 난 나만의 길을 걸어왔어.

사람은 무엇을 위해 사는 거지?

또한 무엇을 이루어야 하는 거지?

아빠의 진심이 너에게 닿기를

그 속에 자신이 존재하지 않는다면

아무것도 없는 것이야.

자신이 느끼는 대로 진실을 전하고,

비굴한 자처럼 말을 하지 않아야 하지.

지나온 날들이 말해 주듯,

난 시련에 당당하게 맞섰고 나만의 길을 걸어왔어.

그래, 이것이 내가 걸어왔던 길이었지.

어때? 우리네 짧은 인생 여정 속에 남의 시선에 대한 두려움 없이 하고 싶은 것은 다 해볼 수 있었다던 이 노래의 당당함이.

한 번뿐인 소중한 인생.

그 인생길을 다른 사람의 시선을 지나치게 의식하지 말고 멋지고 자유롭고 당당하게 너희만의 길을 걸어갈 수 있기를.

그래서 행복할 것. 후회하지 않을 것.

10. 때때로
죽음에 대해서 생각하라

인간이면 누구나 피할 수 없는 절대 진리. 그것이 바로 죽음이라는 것쯤은 너희도 충분히 잘 알고 있을 테지.

'때때로 죽음에 대해서 생각하라' 하니까 뜬금없다고 할지도 모르지. 살아가기도 바쁜데 어떻게 죽음까지 생각하면서 살아야 하냐고 강변할 수도 있을 거야.

그래. 맞아. 나 또한 젊었을 때는 삶과 죽음에 관한 생각은 고사하고 가족을 부양하거나 일에 대한 성취감을 맛보기 위해서 24시간이 모자랄 정도로 이리 뛰고 저리 뛰고 그야말로 눈 코 뜰 새 없이 바쁘게 살았으니까. 누구나 그렇듯이 그냥 죽음

아빠의 진심이 너에게 닿기를

이라는 것은 굳이 입 밖에 내지 않더라도 막연하게나마 마음속에 자리하고 있는 약간의 두려움이나 피해야 할 그 무엇 정도로만 생각했지.

그런데 50대가 넘어가고 60대가 되고 보니 부쩍 죽음이라는 것에 대해 생각이 많아지더구나. 특히 양가의 모든 부모님이 다 돌아가시고 난 뒤에는 삶과 죽음에 대해 자신을 더 부쩍 돌아보는 시간이 많아지게 되더라고. 그중에 무엇보다도 가장 큰 변화는 그동안 막연하게나마 생각했던 '삶은 유한하다'라는 말의 실체가 이제는 점점 더 피부에 와닿도록 느껴진다는 것이지.

너희는 죽음이란 단어를 연상하면 금방 어떤 것들이 떠오를까?
머릿속으로는 '탄생과 소멸, 천국과 지옥, 환생, 구원, 한 줌의 재' 같은 낱말들이 떠오르겠지만 솔직하게 마음속으로는 '어두움이라든가 막연한 두려움 그리고 무서움' 같은 것들이 떠오르지 않니? 대개 비슷하겠지. 나 역시 그랬으니까.

재작년에 돌아가신 할머니는 돌아가시기 한 달여 전까지만 해도 내게 늘 이렇게 말씀하셨단다.

"내가 네 덕에 100살 넘도록 이렇게 편히 살다가 당장 죽어도 여한이 없을 정도로 행복한데, 이제 몸도 여기저기 아프고 힘드니 아주 내가 편히 쉴 자리로 돌아가야겠다."

아직도 내 입에 맴도는 편히 쉴 자리, 내 편히 쉴 자리….

그렇게 할머니가 돌아가신 후 나는 그동안 막연하게 생각해왔던 그 모든 것들, 가령 '삶이란, 죽음이란 과연 내게 무엇일까'라는 고민에서 나름 어느 정도는 벗어날 수 있는 깨우침을 얻은 것 같아.

그것은 다름 아닌 '삶과 죽음은 각각 다른 것이 아닌, 그냥 하나'라는 거야. 항상 내 맘속에 살아 계시기에 할머니는 돌아가신 게 아니라, 내가 살아 있는 동안에는 내 곁에 영원히 살아 계시는 것처럼 느껴진다는 뜻이지. 칼릴 지브란이 말했던 '생명과 죽음은 하나이다, 마치 강과 바다가 하나인 것처럼'.

그래서 그런지 이제는 죽음을 대하는 자세가 담담하고 그렇게 슬프지는 않은 것 같구나.

어느 중국의 시인이 이렇게 이야기했다지.

'내가 이 세상에 태어났을 때 나는 애통해 울었지만, 사람들은 오히려 기쁘다고 웃었다. 마지막으로 이 세상과 하직하고 죽을 때 나는 기뻐서 웃었건만, 사람들은 모두 슬프다고 눈물 짓더라.'

삶과 죽음에 대한 일종의 해학적 표현이겠지만, 이 말속에는 충분히 우리 인간의 삶과 죽음을 꿰뚫고 있다는 느낌이 들어서 이 말을 떠올릴 때마다 나는 마음이 참 편해지고 그래.

이제 여기서부터는 중요한 이야기야. 너희에게 가끔은 죽음을 생각하면서 살라는 이유이기도 하지.

바로 앞에서 나는 삶과 죽음이 하나라는 것까지는 어느 정도 깨우쳤다고 했는데, 그다음은 그런 죽음을 대하면서 "남은 삶을 어떻게 살아가야 웃으면서 편히 쉴 내 자리로 돌아갈 것인가?" 하는 점이 커다란 숙제처럼 다가왔단 점이야. 그 답을 나는 이렇게 선택했어. 적어도 죽기 전까지.

'누군가에게는 도움이 될 수 있는 가치 있는 그 무엇인가를 남겨 놓으며, 선한 행위를 지속적으로 실천하며 살아가는 것.'

이것이 내가 앞으로 추구할 가장 큰 가치이자 소명이 된 셈이지.

너희 역시 살아가면서 삶이 힘들 때, 어떤 일이 풀리지 않아서 괴로울 때, 가끔은 '지금 죽을 때라면' 하고 생각해 보는 시간을 가져보는 것은 어떨까?

그럴 때 그것에 대한 해답은 물론 막혔던 일들에 대한 실마리도 풀릴 수 있고, 지금 당장 해결해야 할 문제들은 무엇이며, 일 처리의 진정한 우선순위가 어떤 것인지에 대한 해답을 의외로 쉽게 찾을 수도 있을 거란 생각이 들어.

또한 때때로 죽음을 생각하는 그런 자세를 가질 때, 비로소 너희의 삶은 충분히 밀도 있고 더욱 가치 있는 시간이 될 것임을 난 믿고 있어.

그런 거 보면 죽음에 대한 생각은 결코 염세나 비관이 아닌, 새로운 삶에의 동력을 제공해 주는 생명력과 생각의 전환점을 만들어 주는 아주 근사하고 멋진 기회의 순간이 되는 것이기도 하겠지.

결국은 삶과 죽음은 하나.
길다면 길고 짧다면 짧은 우리들의 인생길.

그리하여 죽음에 이르러 한 자락 후회가 남지 않도록
매 순간 너희들의 삶이 온전히 행복해질 수 있도록,

아빠의 진심이 너에게 닿기를

끝까지 힘을 다해 함께 노력해 보자.

그리고 당당하게 세상을 살아 나가자.

Part 2

편안한 인간관계를 위하여

11. 화나 분노는
절대 밖으로 드러내지 마라

살아가면서 화나는 일이 참 많이 생기지?

왜 남들은 저런 방식으로 세상을 살아갈까 이해가 안 되기도 하고 그들이 나에게 대하는 태도가 정말 맘에 안 들 때도 아주 많지. 가끔은 세상이 온통 불합리하고 불공정한 것 같기도 해서 착하게 사는 나만 늘 손해 보는 것 같기도 하고 말이야. 그런데 '어떻게 화를 내지 않고 세상을 살아갈 수 있지?' 의문이 들 때가 아주 많을 거야.

물론 화가 자연스럽게 생기고, 화를 내는 것 자체를 굳이 이상하게 볼 것은 아니지. 우리가 흔히 이야기하는 인간의 오욕칠정 중 '희·노·애·락·애·오·욕'이라는 칠정은 전부 인간의 자연스러운 감정이기도 하니까.

그런데도 왜 사람들은 화는 무턱대고 참는 것이 좋다고 말하는 걸까? 또한 왜 '먼저 성내는 놈이 지는 놈이다'라고 하는 걸까?

내 경험을 이야기해 보자면, 일단 상대방에게 화를 내고 나면 결론적으로 나에게 한 치의 이득 되는 점이 없기 때문이야. 시간이 지날수록 그 손해는 점점 더 명확해지고 말이야. '그때 참을걸' 하는 후회가 가득 밀려오지만 이미 쏜 화살을 어찌 되돌리겠어.

사실 난 세상을 살아가면서 대체로 낙관적인 시각을 가지고 있기에 그리 화를 내고 분노한 순간은 많지 않았었지. 하지만 '그때 참았더라면' 하는 몇 번의 순간들이 내게도 있었어. 오랜 세월이 흐르고 난 뒤인 지금 생각을 해보아도 참 바보 같았던 순간이었지.

'그때 화를 좀 더 참고, 슬기롭게 대처했으면 어땠을까? 그랬다면 그 사람과의 관계가 지금껏 잘 유지되었을 것이고 어쩌면 지금의 삶이 조금은 더 아름답고 행복해지지 않았을까?' 할 정도로 말이야.

하지만 이제 후회한들 무슨 소용이 있겠니. 그 당시 나의 무지와 성급함과 인내심 그리고 덜 익은 인격을 탓할 뿐이지.

한번 주위를 둘러보렴. 어떤 사람들이 화를 잘 내거나 분노를 자주 표출하는지. 그들의 공통점은 대개 열등감과 시기와 질투심이 많은 특징이 있어. 매사에 부정적인 사람들이나 비관주의적인 사람들, 그리고 세상을 둘로 나누는 흑백논리를 가진 사람 중에도 참으로 많을 거야.

특히 '세상은 이쪽 아니면 저쪽이어야 한다'며 회색이나 다른 색깔이 있다는 것을 인정하지도, 이해하지 못하는 흑백논리를 가진 사람들은 아예 답이 없을 정도로 화가 많은 것 같더구나.

그러니 너희들은 이런 점을 잘 참고해서 그런 부류에 속하지 않기 위해 마음을 잘 다스리고 부단한 노력을 경주해야겠지. 타산지석이란 이럴 때 쓰는 말일 거야.

그럼 도대체 어떻게 하면 화를 안 내고 잘 다스릴 수 있는 걸까?

무엇보다도 중요한 건 자신의 인생관을 빨리 정립해 놓는 것이 최우선이라는 생각이 들어. 아직 인생관이 정립이 안 되어 있다면, 항상 마음이 잘 흔들리기에 순간순간 감정을 다스리기가 어렵겠지. 당연히 그때마다 화가 많아질 수밖에 없겠고.

난 그동안 살아오면서 정말로 크게 화를 내고 분노해야 할 때를 딱 두 가지 경우로 생각해 왔어. 하나는 누군가가 내 생각과 행동에 대한 '자유'를 구속할 때이고, 또 하나는 가장 기본적인 '인간의 존엄성'을 크게 침해당할 때지. 그러다 보니 웬만한 것은 기분이 나빠도 '그럴 수 있지' 생각하게 되고, 화를 안 내고 넘길 수 있는 여유가 생기더라고.

사람이 살아가는 데에 수학이나 과학을 빼고 정답이 어디 있겠니? 더군다나 지금은 일제시대처럼 나라를 빼앗긴 것도 아니고, 인간의 기본적인 자유를 구속하는 독재 국가도 아니니까 죽기 살기로 분노하고 화낼 일은 그리 많지 않았던 것 같아. 겸허한 자세로 이쪽저쪽 둘러보면 오히려 감사할 일이 한두 가지 아니지.

그래서 이야기인데 너희도 주위에서 누군가가 못마땅해서 마음에 들지 않을 때면 '그럴 수도 있지'라는 넓은 마음을 갖기 위해 스스로 훈련해 보는 것은 어떨까?

처음에는 그렇게 마음을 먹는 것조차 매우 힘들지라도 이 훈련을 계속 반복하다 보면 나중에는 자연스러워지게 되고 마

아빠의 진심이 너에게 닿기를

음이 참 평온해질 거야. 결국은 그런 노력이 모여서 한 살 한 살 더 먹을수록 너희는 관대하고 훌륭한 인품을 가진 사람으로 굳어질 테니 그야말로 일석이조인 셈이 되는 거지.

그러나 인간이기에 아무리 노력해도 정말 화가 나서 못 참을 것 같은 순간이 있을 거야. 그럴 때는 말이야. 피할 수 없는 자리라면 화가 가라앉을 때까지 이를 꽉 깨물고 숫자를 세어보렴. 하나, 둘, 셋… 백만 열하나, 백만 열둘…. 그렇게 숫자를 세는데도 화가 폭발하려 한다면 일단 그 자리를 무조건 피하는 것이 상책이야. 그 자리에서 자기감정을 컨트롤하지 못하는 사람이 되어 이성을 잃은 것처럼 보일 바에야 다소 비겁하거나 무례하게 보이더라도 일단은 그 자리를 피하는 게 좋아.

《손자병법》에도 그런 이야기가 있거든.

36계 줄행랑이라는 말은 들어봤지? 그게 '주위상계(走爲上計)'란 36번째 비책인데, 손해나 패배가 뻔한 전투는 할 필요 없이 그냥 달아나라는 말이지. 이처럼 그 자리를 피하는 것이 '36계'처럼 좋은 계책이 될 수 있으니 잘 참고했으면 좋겠어.

그런데 무조건 참기만 하고 피하기만 한다고 화와 분노가 다스려지는 것은 아니겠지. 그래서 화를 마음속에 켜켜이 쌓아두지 말고 어떤 방식으로든 반드시 해소해야 해. 그래야 편해. 마음도 안 다치고, 몸 안에 병도 안 생기고 말이야.

이를테면 다소 격렬한 운동을 한다거나 일부러라도 땀을 아주 흠뻑 흘리는 일처럼 육체를 힘들게 하는 일을 하는 게 좋아. 그렇게 몸을 힘들게 하다 보면 다른 생각도 안 들고 어느새 화가 거짓말처럼 사라지는 경험을 할 수 있어. 이건 나뿐만이 아니라 주변의 몇몇 친구들이 애용하는 방법이기도 하거든.

아니면 무작정 햇빛 좋은 날을 골라서 산도 보고, 들도 보고, 하늘도 보면서 무작정 끝없이 걸어보는 것도 좋은 방법이 될 수 있어. 처음엔 화가 가라앉지 않고 괴로워서 땅만 보고 걸어도 무작정 계속 걷다 보면 어느덧 드디어 파란 하늘과 드넓은 산하가 보이는 순간이 올 거야. 심지어는 상큼한 공기를 마시고 있다는 것까지도 느끼게 되지. 그때 불같이 타오르던 화가 사라지고 비로소 참으로 평화로운 순간을 맛볼 수 있을 거야.

실질적으로 이 방법은 화를 다스리기 위해 많은 사람이 실천하고 있고, 우울한 기분이나 분노가 솟구칠 때 치유의 방법으로 많이 권고하는 행동들이니 잘 실천했으면 좋겠구나.

아빠의 진심이 너에게 닿기를

《명상록》으로 유명한 마르크스 아우렐리우스 황제는 이런 말을 했어.

"지독히 화가 날 때는 떠나간 사람을 떠올리며 삶이 얼마나 덧없는가를 생각해 보라."

아무튼 화가 나서 도저히 참을 수 없을 때는 이 말도 한 번쯤 떠올려 봐. 큰 도움이 될 거야.

이런 모든 과정 속에서 속으로 너희는 단단해지고 강인해질 것이며, 너희의 인품은 날이 갈수록 더욱 찬란하게 빛나게 될 거라 아빠는 확신해.

12. 서른 살 넘은 친구에게는
어떤 충고도 하지 마라

어려서나 학창시절에 선생님들로부터 종종 이런 이야기들을 들은 적 있지? '친구가 나쁜 일을 하거나 옆길로 새면, 그걸 못 하도록 말려주는 게 진정한 친구다'라고.

이 말은 당연히 천 번이고 만 번이고 옳은 소리지. 왜냐하면 그때는 배우는 시절이잖아. 오죽하면 배울 학(學)을 쓰는 학창시절이라 하겠어.

그때는 친구들 상호 간에 어느 게 옳고, 어느 게 그른 건지 가치관의 혼란을 겪는 시기이면서 또한 모든 삶을 함께 배워 나가는 과정이기도 하니까 말이야. 그래서 어떤 충고를 해도 서로 받아들일 수 있는 마음의 준비가 되어 있는 상태이다 보

아빠의 진심이 너에게 닿기를

니 곁에서 '솔직하게 충고해 주는 친구가 참 좋은 친구구나'라는 생각이 들 수밖에 없지. 그걸 계기로 우정도 더욱 깊어질 테고 말이야.

그런데 이 충고라는 게 나이 들면서 문제가 되는 경우가 참 많아. 우리가 주위를 한 번 둘러보면 나이 들어서도 친구를 위하는 일이라며 친구에게 늘 아낌없는 충고를 해주는 사람들이 종종 있을 거야.

결론적으로 먼저 말한다면, 그건 정말 바보 같고 어리석은 일이야. 성인이 된 다음에는, 특히 서른 살이 넘은 친구들 사이에서는 절대 아무리 가까운 친구라 해도 섣불리 충고하면 안 된다는 뜻이지. 설령 나름대로 일리가 있는 말이라 판단되어도, 그건 너희 가치관에서만 그럴 수도 있어.

혹시 상대를 위한 진심 어린 배려라고 생각하니? 정말로 너희가 그렇게 생각한다면 그거야말로 스스로 무지를 드러내는 꼴밖에 안 돼. 왜냐하면 거기에는 상대에 대한 존중과 배려라는 아주 중요한 핵심 개념이 빠져있거든. 어찌 보면 삐뚤어진 사고의 작동으로 상대와 나와의 동일시 심리만 작용하고 있는 건지도 모르지. 아무리 친한 친구라 해도 사람은 본디 서로 다를 수밖에 없다는 것을 인정하지 않는 폐쇄적인 사람임을 자인하는 꼴밖에 안 되는 거고.

진정한 배려란 사실 상대방이 기분 좋아야 하고 상대방이 진실로 고마운 감정을 느껴야 하는데, 친구 사이에 섣불리 충고를 할 경우에는 오히려 말싸움으로 끝날 확률이 높아. 사실 너희가 하는 충고나 배려라고 하는 게 상대방의 입장에서 보면 그냥 잔소리로만 들릴 수 있어. 아니면 너희가 더 우월하다고 착각하는 정신 나간 소리로 들리든지. 그래서 친구는 굳이 말싸움하는 것이 싫으니 겉으론 '그래그래' 하지만, 속으로는 네 말을 인정도 안 할뿐더러 '너나 잘하세요'라는 반발심리를 갖게 될 게 뻔하지 않겠니?

사람은 통상 서른 살이 넘어가면 대부분 비교적 상식과 교양을 가지고 나름 자기 스스로 세상을 잘 헤치며 살아가고 있다고 생각하거든. 그런데 느닷없이 가치관을 바꾸라 하면 얼마나 황당할까. 그 친구도 분명 너희에게 하고 싶은 충고들이 많은데 안 하는 것일 수도 있잖아. 괜스레 원하지도 않는 충고를 하여 관계를 해치기도 싫고 자기 생각이 다 맞는 것이 아니니 너 스스로 답을 찾기를 바라는 거겠지. 엄밀한 의미에서 보면 이게 진정한 존중과 배려 아닐까?

나이가 50대가 지나고 60대가 되어보니 사람들은 자신만의 기본적인 생각과 사고들은 전혀 변하지 않더라고. 오랫동안 친구들을 보아도 젊었을 때랑 똑같아. 변한 게 없어. 긍정적으로 본다면 오히려 그러한 변치 않는 사고를 바탕으로 젊었을 때는 보이지 않던 나름의 개성과 자존감을 가지고 다들 열심히 잘 살아가고 있는 게 보이더라고.

그러니 30이 넘은 사람에게는 절대 앞으로 충고 같은 건 하지 말았으면 좋겠어. 입이 근질근질하여 충고할 일이 있거든 오히려 반대로 그 친구의 좋은 점과 그 친구로부터 너희가 배우는 좋은 점을 이야기해 주는 게 좋아. 그것이 오히려 서로 함께 존중하며 더욱 성장하고 발전할 수 있는 좋은 기회가 될 수 있어. 서른 살이 넘은 친구라면.

딱 한 가지 예외는 있어. 만일 상대방이 너희에게 이 경우 어떻게 하는 게 좋겠냐고 물을 때. 그때는 그 친구에게 진심과 성심을 다해서 반드시 본 대로 느낀 대로 너의 의견을 과감하게 이야기해 줘야 해. 상대방이 원할 땐 그게 진정한 배려고 존중이거든.

살아보니 아무리 훌륭한 사람이라도 인간이기에 모두 다 장단점을 가지고 있더라고. 그게 많으냐 적으냐의 차이 정도지. 그래서 변하지도, 고쳐지지도 않을 그러한 점을 충고한다는 건 정말 '나는 좀 모자라는 사람이오' 하고 상대에게 고백만 하게 되는 셈인 거지.

《사기》로 유명한 사마천이 쓴 〈보임소경서〉를 보면 이러한 이야기가 나와.

'남자는 자기를 알아주는 사람을 위해 목숨을 바치고, 여자는 자기를 예쁘다고 하는 사람을 위해서 용모를 꾸민다.'

이게 다 무슨 말이겠어. 사람들은 자기를 알아주고 인정해 주는 사람이 가장 고맙고 좋을 수밖에 없단 말인데, 이 글이야말로 정말 남자와 여자의 심리를 꿰뚫어 본 명언이란 생각이 들어.

아무튼 사람을 대할 때 특히나 서른이 넘은 사람에겐 앞으로 늘 그냥 있는 그대로 인정해 주고 존중하는 자세로 삶의 자세를 가져보자고.

사람이 나이가 들어갈수록 충고보다 더 큰 힘을 발휘하는
건 격려와 칭찬이란 사실을 늘 잊지 않았으면 좋겠어.

13. 인간관계는 맺고 끝내는 걸
강하게 하지 말고 여백을 남겨라

우리가 살아가다 보면 가끔 어떤 사람에 대해서 엄청난 실망을 하거나 서운한 감정을 가지게 되는 경우가 참 많지?

심지어 그렇게 믿었던 사람에게서 배신감마저 느꼈다면 그 사람은 물론, 그 사람과 연관된 모든 것들에 대해서 생각만 해도 화가 치솟아 오르고 '앞으로 저 사람은 절대로 상종하지 말아야지' 하고 생각할 때도 꽤 있을 거야.

괜찮아. 사실 이런 생각을 한다고 해서 특별히 나쁘다거나 잘못된 건 아니라고 봐. 그런 감정은 인간이면 당연히 드는 인지상정이니까.

그런데 그 상대방은 대개 어떤 사람일까? 아마도 어릴 때부터 함께해 온 오래된 친구일 수도 있고, 아니면 학창시절의 친구나 사회에서 업무 관계 그리고 모임에서 만난 친구일 수도 있겠지.

그런데 말이야, 우리가 살아가며 하나하나 상대방에게 실망할 때마다 그들을 모두 매몰차게 끊어 낸다면 결국 네 주위에 누가 남아 있을까? 아마도 한겨울 바람 부는 허허벌판에 홀로 서 있는 자신을 발견하게 될지 몰라.

만약 너희가 적어도 사회생활을 다 은퇴하고 난 60대가 넘은 이후라면, 너희를 피곤하게 하고 심지어 힘들게 하는 사람들과 굳이 관계를 맺으면서까지 살아갈 필요는 없겠지. 그때는 서로를 인정하고 존중해 주면서 더불어 아름다운 인생길을 걷고 싶은 소수의 사람들만 만나도 당연히 시간이 모자랄 테니까 말이야. 더군다나 어차피 노년으로 갈수록 너희 주위에는 가족이라든가 아주 가까운 친구만 남다가 결국 마지막엔 혼자일 수밖에 없는 게 우리네 인생이지. 쓸쓸하지만 어쩌겠어. 그것은 아무도 거역할 수 없는 우리 인간의 길인 거니까.

그러나 모든 것에는 때가 있는 법이지. 너희처럼 사회초년생들인 20~30대나 한창때인 40~50대는 싫든 좋든 무수하게 다른 사람과 관계를 맺어가면서 살아갈 수밖에 없는 현실이잖아. 그래서 상대방과 관계를 당장이라도 끊고 싶을 때는 이렇게 생각하는 게 좋을 거야.

첫째로 먼저 한 발짝 물러서서 자신을 돌아보는 거야.

세상의 이치가 모든 것이 우연히 일어나는 일은 없듯이, 네가 당연히 아무 잘못이 없다 하더라도 그런 기분을 느낀다는 건 분명히 이유가 있을 거야. 고장난명(孤掌難鳴), 즉 손뼉도 마주쳐야 소리가 나는 법이 아니겠니?

둘째로 아무리 생각해 보아도 상대방이 무례하거나 성품이 안 좋거나 또한 상대방의 잘못이 명백하다 하더라도 굳이 죽기 살기로 관계를 무 자르듯이 끊어 낼 필요는 없어. 마음속으로는 끊어 내고 싶은 마음이 굴뚝 같아도 겉으로는 절대 표시를 내지 않는 게 좋다는 말이야. 굳이 다시 못 볼 정도로 감정적으로 격하게 헤어지는 말라는 소리지.

살다 보니 '어느 구름에서 비 내릴지 모르고', 하찮게 생각했던 것도 나중에 요긴하게 쓰일 때가 엄청 많아. 오죽하면 '개똥도 약에 쓰려면 없다'라는 속담도 있겠니? 그렇다고서 혹여 나중에 그들이 필요할 때가 있다거나 도움받을 때가 생길 거라고 그렇게 하라는 것은 아니라는 것쯤은 알 거야. 너희는 이미 충분하게 현명하니까.

이제 '오늘부터 저 사람은 적이다'라고 생각하여 격하게 헤어지거나 그렇게 마음속에 담아두고 있는 것은 실로 어리석은 일이지. 그런 생각할 때면 분명 너희의 기분도 안 좋거든. 그냥 자연스러운 흐름에 맡겨도 헤어질 사람은 다 헤어지게 돼있어.

살아보니 이 세상에 절대적인 선인과 절대적인 악인은 없다는 생각이 참 많이 들더라고. 단지 선한 일을 많이 하는 사람과 악한 일을 많이 하는 사람이 있을 뿐. 그러니 옆에 아무리 꼴 보기 싫은 사람이 있더라도 다시 보았을 때 쿨하게 눈인사는 할 수 있는 정도이거나 딱 연락 한 번 정도는 할 수 있을 정도로 여백을 남기는 것이 좋아. 그리하면 그 사람으로 인해 앞으로 더 기분 나쁠 이유도 없고 그 사람으로 인해 낭패를 볼 일도 현저하게 줄어들 것이라 확신해.

돌아보니 아빠도 젊었을 때 주변에서 이런 이야기를 해주는 사람이 있었으면 얼마나 좋았을까 하고 생각을 한 적이 여러 번 있었어. 그래서 너희에게는 살아가면서 아빠가 느낀 이야기들을 꼭 들려줘야겠다고 오래전부터 생각해 왔던 거지.

　왜냐고요? 뻔한 것 아니겠니?

　너희가 살면서 앞으로 겪게 될 인생은 시행착오를 줄이며 적어도 아빠보다는 세상을 더 넓게 보고, 더 지혜롭게 살아서 결국 아주 행복한 인생이었으면 하고 바라는 마음에서지.

　뭘 물어.

아빠의 진심이 너에게 닿기를

14. 항상 정치적으로
중립을 유지하라

우리가 살아가며 가장 많은 사람이 예민하게 충돌하는 부분이 어디일까? 물론 식량이나 종교 혹은 민족문제일 수도 있지만 일반적으로 가장 많은 사람이 충돌하기 쉬운 분야는 역시 정치 쪽일 거야. 심지어 거기에다 자기의 신념이나 가치관 그리고 인생관을 투영시키면서 동일시하기 시작하면 그때부터는 아예 대화 자체가 안 되지.

뉴스를 봐도, 신문을 봐도, 인터넷을 봐도 온통 적대적이고 자극적인 문구 그리고 말들. 술집에서도 온통 언성이 높아지다가 싸움으로 발전됨은 물론 심지어 오래된 친구들끼리도 헤어지는 경우도 허다하게 되고.

이쯤 되면 세네카가 잘못 번역하여 '인간은 사회적인 동물이다'라고 했다지만 '인간은 정치적인 동물이다'라고 한 아리스토텔레스가 미워질 만도 하지. 인간은 홀로 존재하는 것보다 끊임없이 서로 다른 사람과 부대끼면서 자기 존재를 확인하기도 하고, 인간으로서 더 가치 있고 더 풍요로운 삶을 영위할 수도 있다는 건 충분히 타당하고 일리 있는 말이긴 하지만.

그래서 하는 이야기인데 정치 문제에 관해서 누가 견해를 물어보거든 너희가 어떤 성향과 어떤 신념을 가지고 있건 가능한 한 중립적인 스탠스를 취하는 게 좋아. 너희가 정치 문제에 대해서 입 밖으로 내는 순간 반대편의 사람들은 아무 근거나 이유도 없이 알게 모르게 온갖 낙인을 찍으려 들 것이고, 심지어는 잘 아는 사람들이나 친구들의 50%가 너희를 경계하는 일까지 벌어질지 몰라.

그래야 하는 이유가 또 있어. 정당의 목적은 정권을 잡는 데 있지? 그러다 보니 정치인들은 모든 수단과 방법을 다 동원해서라도 이기려 하고, 반대편에게 조금이라도 약점이 있다면 어떻게든 과도하게 흠집을 내려고 혈안이 되어 있잖아.

어쩌다가 뉴스를 본다거나 거리마다 걸려있는 플래카드를 보면 정말 정치란 게 국민을 볼모로 삼고 양측의 싸움만이 존재하는 거구나 하고 회의를 느낄 때가 정말 많지? '정치란 게 도대체 무어지?' 심지어는 이들이 국민을 위하고 진정 나라의 번영과 평화를 위해 존재하는 건가에 대한 의구심이 들 때가 실로 한두 번이 아니지.

아, 물론 모든 정치가가 다 그런 건 아니야. 자세히 보면 정말 사심 없이 멸사봉공의 자세로 나라의 발전과 안전 그리고 모든 국민의 행복한 삶을 위해 전심전력을 다하는 정치가도 꽤 있는 것 같아. 하지만 그런 사람들이 소수이다 보니 그들의 목소리는 묻혀버리기 일쑤잖아. 안타깝지만 어쩔 수 없다는 생각이 들기도 해. 정치란 게 권력을 잡는 데 목적이 있다 보니 온갖 이합집산과 권모술수가 난무하는 태생적 한계 때문일 수도 있다는 생각이 드니까 말이야.

그리하여 너희가 정치란 직업을 갖지 않은 이상, 그런 세계 어느 한쪽에 과도하게 몰입하여 영향을 받는다는 건 정신과 몸 모두를 심란하게 할 수도 있으니 늘 조심해야 할 것 같아.

또 하나, 중립적 스탠스를 취해야 하는 중요한 이유를 더 말해볼까?

대체로 봤을 때 과도하게 열정적 혹은 적극적인 사람들의 비율은 대략 진보, 보수 각각 35% 정도라고 보면 과히 틀리지 않을 거야. 그럼, 결국은 나머지 30%의 중립지대에 있는 사람들을 얼마만큼 더 많이 확보하느냐가 권력을 쥐는 데 승패를 가름하겠지? 그럼, 양측에서 아무리 어떤 주장을 하건 간에 캐스팅 보트를 지고 있는 건 결국 중립지대에 있는 사람들이 되는 것이고, 세상은 결국 그들의 입맛에 따라 변한다는 사실이야. 그러하니 진흙탕 싸움인 정치판을 즐기면서 볼 수도 있는 여유가 생기고 굳이 어느 한쪽에 치우쳐서 편향된 시각으로 반쪽만의 세상을 바라보며 살아갈 필요도 없게 되는 거지.

또한 사람은 누구나 장단점을 가지고 있듯이 어느 한쪽에 치우친 사람이라도 충분히 훌륭하고 좋은 점이 많을 수 있어. 따라서 그들을 편견 없이 진심으로 존중할 줄도 알게 될 거고, 그들의 싸움에 과잉 몰입해서 너의 일상을 해치는 일 자체도 없게 될 것이고 말이야.

사실 주위를 보면 이념 문제 때문에 진보나 보수 측에 과도하게 자기의 가치관을 몰입하여 상대를 비방하고 자기 말이 절대 진리인 듯 착각하는 사람들을 종종 볼 수가 있을 거야. 그건 나이 들수록 더 그렇더라고. 그런 사람들을 반대 측이나 중립적인 위치의 시각으로 보면 어떻게 생각할까?

아마 십중팔구 '저런 사람과는 말도 안 통하니 저 사람하고는 아예 말 자체를 안 섞는 게 좋을 거 같은데…' 하고 슬슬 피하게 될 거라고 봐. 왜냐하면 이념에 취하면 종교보다도 무섭고 부모 형제도 한낱 의미 없게 치부해 버리는 경우도 허다하게 보니까 말이야.

그다음 또 다른 이유는 정치가도 하나의 직업이란 거야. 너희가 스스로 선택해서 지금의 직업을 선택했듯이 그들 또한 그것을 통하여 생계를 유지하는 다른 직업인이란 차이일 뿐인데, 그들의 직업에 과도하게 몰입하거나 흔들린다면 얼마나 바보 같은 짓일까.

그리하여 다시 한번 강조할게. 정치적인 문제가 있을 때 가급적 중립적인 자세를 취하렴. 그래야 진보든 보수든 온전히 양쪽의 좋은 점을 바라보면서 편협되지 않은 온전한 세상을 즐길 수가 있어. 소중한 반쪽의 사람들을 잃을 염려도 없고 말이야.

그럼에도 불구하고 너희가 미칠 정도로 한쪽에 몰입되면 어떻게 하는 게 좋을까? 그때는 지금의 직업을 과감하게 버리고 본격적으로 정치인의 직업을 갖는 것은 어떨까?

무슨 말인지 잘 알지?

아빠의 진심이 너에게 닿기를

15. 친구를 사귈 때
반드시 두 가지는 확인해라

친구라는 정의에 대해서는 너희도 잘 알다시피 동서고금의 수많은 사람들이 거의 한마디씩 안 한 사람이 없을걸.

왜 그럴까. 그것은 애써 부정하려고 해도, 우리가 살아가면서 아마도 친구보다 더 내 삶에 직·간접적으로 많은 영향을 끼치는 관계는 거의 없기 때문일 거야. 그만큼 친구 관계가 중요하다는 말이겠지.

사실 육십 인생을 살아보니, 내 마음에 쏙 드는 좋은 친구를 만나는 것은 정말 하늘의 별 따는 것보다도 더 어려운 것이더구나. 그러기에 오죽하면 '진정한 친구 한두 사람만 가져도 그 사람은 성공한 인생이다'라고 했을까.

특히 학창시절에는 선생님들께서 그런 말씀들을 많이 하셨지. 그 당시에는 둘러보면 여기도 친구, 저기도 친구, 온통 친구투성이니까 믿지도 않았었고 의아하기도 했지만, 유감스럽게도 나이가 들어갈수록 이 말은 진리가 되더구나. 젊었을 때 어떤 시집에서 읽었던 내용인데 대략 이런 시가 있었던 것 같아.

'누가 나를 필요로 할 때 나는 그의 옆에 있어 주었지만, 정작 내가 필요로 할 때 내 곁에는 아무도 없었다.'

혹시 너희들 지금까지 이런 느낌 가졌던 순간 있었니? 어때. 참 쓸쓸하지? 그러나 이러한 기분은 너희 말고도 거의 모든 사람이 느껴보지 않았을까 싶어.

아마 이러한 모든 말들은 평생을 두고 한결같은 친구를 갖는다는 게 그만큼 어렵다는 말일 거야. 뭐 이렇게 말한다고 해서 좋은 친구를 찾거나 만나지 말라는 이야기는 아냐. 그런 친구가 세상에 아예 없다는 거도 아니고.

하지만 그만큼 너희가 바라는 이상형 같은 완벽한 친구는 거의 없다는 현실을 인정하고 나면 참 편하다는 말이지. 그럼에도 불구하고 인간은 사회적인 동물이기도 하거니와, 친구

아빠의 진심이 너에게 닿기를

없이 산다는 것 또한 너무도 외로울 수 있기에 가능하면 좋은 친구가 되기 위해 서로서로 노력해야 하겠지.

그럼 어떤 친구가 좋은 친구일까?

사람에 따라 다르겠지. 어떤 사람은 돈 많은 친구가 좋을 것이고, 어떤 사람은 지식이 높은 사람, 또는 권력을 가지고 있는 사람이 좋은 친구라 생각할 수도 있을 거야. 반면에 어떤 사람들은 인상이 좋은 사람을, 아니면 노래를 잘하거나 운동을 잘하는 사람 혹은 유머 감각이 많은 친구를 좋은 친구라고 생각하는 사람들도 있겠지.

물론 어떤 친구가 좋은 친구인지는 무엇보다도 각자의 선택이니 뭐라 할 것까지야 없겠지. 하지만 앞으로 좀 더 길게 인생을 살아가면서 오래도록 좋은 친구와 함께하려면 지금부터 내가 이야기하는 두 가지 유형의 친구를 보다 더 가까이했으면 싶어. 물론 절대적인 건 아니겠지만 아빠의 경험상 이야기하는 것이니 잘 참고했으면 하는 바람이야.

첫째는 부모에게 효도하는 친구야.

굳이 성경이나 효행록의 이야기들을 살펴볼 필요도 없이 모든 종교에서 인간의 행실 중 가장 기본 되는 점이 효라고 강조한 것은 반드시 그만한 이유가 있는 거겠지. 나 또한 육십 평생 살아오면서 부모에게 효도하는 친구가 결코 행동이 어긋나거나 행실이 엉망인 경우는 거의 본 적이 없는 것 같아.

거꾸로 보면 부모에게 막 대하는 친구들은 본인의 상황이 달라지는 것에 따라서 아무리 오래된 친구라도 아무렇지도 않게 배반하거나 심지어 함부로 대하곤 하는 것을 수도 없이 보아왔지. 자기 부모에게도 막 대하는 친구가 자기의 기분이나 상황에 따라서 다른 사람들을 그렇게 대하는 건 어쩜 아주 잘 맞는 옷을 입은 것처럼 지극히 자연스러운 일일 수 있을 거야. 그건 이미 경험해 보지 않아도 미루어 짐작할 수 있는 일 아닐까?

그러하니 앞으로 친구를 새로 사귄다고 한다면 부모에게 함부로 대하는 친구는 절대로 친구로 삼지 말기를 가장 첫 번째로 당부하마. 옛날부터 지금까지 변하지 않는 건 뭐? '효는 백행의 근본'이라 이거지.

둘째는 동물이나 약자에게 따스하게 대하는 자를 친구로 두었으면 해.

약자에게 관대하고 따스한 사람은 두말할 필요도 없고, 동물을 잘 보살핀다거나 동물에게 또한 따스하게 대하는 친구는

아빠의 진심이 너에게 닿기를

일단 공감 능력이 높고, 본성이 따스하며 측은지심을 아는 선한 사람일 확률이 아주 높아. 그들은 너희의 이야기도 잘 들어줄 것이며, 너희의 아픔에 대하여 누구보다도 더욱 공감을 잘해줄 거야.

특히 반려동물을 함부로 죽이거나 난폭하게 대하는 사람은 사이코패스일 확률이 아주 높고, 그 정도까지는 아니더라도 동물이나 약한 자들을 함부로 대하는 사람들을 보면 전형적으로 강자에 약하고 약자에 강한 사람인 경우가 대부분이라는 사실이야. 어찌 보면 그들은 무엇보다도 약육강식이라는 동물적인 본능만이 많이 발달된 사람들이지. 그가 아무리 돈이 많건, 아무리 많이 배웠건, 또한 아무리 인물이 뛰어나건 관계없이 그런 친구가 주변에 있거들랑 눈에 안 띄게 서서히 그들과의 관계를 줄여나갔으면 해.

외국에서 뉴스에 나오는 수많은 희대의 살인마들을 조사해본 결과, 거의 예외 없이 사전에 동물 죽이는 것과 학대하는 행동을 아무 죄책감 없이 무슨 놀이처럼 했다고 하더라고. 그들에게 약자는 그냥 동등한 인간이 아니라 놀잇감 정도일 확률이 높아. 이건 우리나라도 예외는 아니지.

그래서 권고하건대 동물을 학대하는 자들이나 어떤 동물이든 자기가 싫어한다고 괴롭히거나 하찮은 생명 취급하는 자들, 그리고 약자를 괴롭히고 함부로 대하는 자들과는 함께 오랜 친구로 동행하는 것은 절대적으로 삼갔으면 해.

결론적으로 너희가 완전하지 않듯이, 다른 친구도 완전하지 않기에 친구를 새로 사귈 때 다른 점은 굳이 까다롭게 따질 필요는 없어요. 하지만 이 두 가지는 반드시 유념해서 살펴볼 수 있기를 거듭 당부하마.

그가 부모에게 어떻게 대하는가를.
그가 동물이나 약자에게 어떻게 대하는가를.

16. 세 명 이상 모였을 때
남의 험담을 절대 하지 마라

우리가 살아가면서 타인에 대한 험담과 뒷담화를 해본 경험에서 자유로운 사람이 과연 있을까? 아무리 성인군자라도 말이지. 그래서 이야기인데 남의 험담을 하는 것은 상대방에게 씻을 수 없는 상처와 분노를 일으키는, 아주 위험한 기폭제가 될 수 있으니 평생을 두고 특히 조심하는 게 좋아.

지금도 청소년들에게 일어나는 수많은 사건·사고들이나 성인들 사이에서도 원수가 되거나 관계가 단절되는 경우는 별것 아닌 것 같아도 뒷담화, 즉 험담이 원인이 되는 경우가 정말로 많아.

입장을 한번 바꾸어 보면 충분히 이해할 거야. 누군가 너희를 험담했다는 소리를 듣는 순간 그 뒷담화 한 사람에 대한 너희의 기분은 어떨까. 모르긴 몰라도 배신감이 들고 마음속 깊은 곳으로부터 엄청난 분노가 일어날 거야. 때론 칼로 몸에 베인 상처보다 마음이 훨씬 아프고 고통스러울 테고 말이야. 그만큼 혀로 베인 상처는 당해보면 결코 지워지지도, 없어지지도 않는 주홍글씨 같은 특성이 있다는 말이지.

구화지문(口火之門) 설참신도(舌斬身刀)란 말 잘 알지?

입은 모든 화를 불러오는 문이요, 혀는 몸을 참혹하게 베는 칼과 같으니 자나 깨나 말조심, 입조심하라는 이야기야.

그런데 이게 참 지켜지기가 쉽지 않아요. 사람들이 많이 모이는 곳은 어디를 막론하고 술 한잔하고 서로 만남의 즐거움을 만끽하다가도 자연스럽게 '야야. 그런데 걔가 그랬다더라'라는 식의 참석하지 않은 사람들의 안 좋은 뒷담화를 하는 경우가 정말 많아.

사실 나는 젊었을 때 일이 바빠서 모임을 잘 못 나가기도 했지만 어쩌다 참석하면 이러한 모습들이 보기 싫어서 조금은 더 꺼린 면도 있었긴 해. 그러면서 이렇게들 이야기하지. '이

아빠의 진심이 너에게 닿기를

게 다 사람들 사는 거라고.' 사실 안 나오는 사람들은 피치 못할 사정이 있거나 굳이 나오기 싫으면 안 나올 수도 있는 문제이지 왜 안 나오는 사람들을 두고 안 좋은 이야기들을 하는 건지. 그런 모습들, 정말 꼴불견이지.

그런데 자세히 보면 남의 욕을 주로 잘하는 사람들 보면 대부분은 자기가 갖지 못한 것을 상대방이 갖고 있을 때나, 자기보다 상대방이 객관적으로 우월할 때 그러는 경우가 아주 많더라고. 결국 이러한 사람들은 자기의 불안심리를 감추려고 백 가지 중의 딱 한 가지만 자기가 우월해도 그 한 가지로 상대방을 비방하는 경우가 허다할 정도로 많아. 얼마나 유치하고 비겁하고 못난 사람들의 행동인 건지. 너희는 언제 어디에 가든 그런 모습은 절대 보이지 않았으면 좋겠어. 그런 사람들 보면 정말 추해 보이거든.

근데 타인에 대한 뒷담화는 절대 안 하는 게 가장 좋을 텐데 왜 세 명 이상 모인 곳에서 하지 말라고 하는 것인지 궁금하지 않니?

어쩔 수 없이 우리는 평범한 인간이기에 내가 만나고 관계하는 타인의 이야기를 절대 안하고는 아무도 살 수 없다는 현실은 인정해야만 한다는 뜻이지.

세 사람 이상이 모인 곳에서 만약 남의 험담을 하게 되면 어떤 일이 벌어질까? 이게 그 두 명 중에 현명한 사람이 있다면 너희에 대해 십중팔구 그런 생각을 할 거야.

'아, 이 친구는 다른 친구 만나면 또 이렇게 내 욕을 하겠구나.'

속으로 생각하면서 모르긴 몰라도 너를 아주 값싸고 형편없는 사람으로 취급할 게 틀림이 없어. 물론 그런 감정은 네게 절대 들키지 않으려고 겉으로는 적당히 동조하면서 말이지.

그다음 더 무서운 건, 이미 두 명 이상에게 험담을 하였기에 너희가 한 이야기는 '발 없는 말 천리' 되어 상대방 귀에 100% 들어간다고 보면 틀림없어. '이거 비밀인데, 너만 알고 있어야 돼' 하면서. 그리고 두 명 이상에게 했으니 그 말을 누가 전했는지도 모를 것이고 말이야. 그러면 어떻게 될까?

너희가 험담을 하는 순간, 그걸 그 자리에서 듣는 친구는 너희를 '친구를 질투하는 인성 나쁘고 열등감에 빠져 있는 못난 친구'로 생각할 수 있고, 그걸 어떻게든 전해 들은 상대방은 아마 내색을 안 한다 해도 마음속으로는 이미 너와 철천지원수가 되어 있을 거야.

그래서 남에 대한 험담은 세 사람을 동시에 죽인다는 이야기가 나오는 거지. 험담을 한 사람, 상대방, 그리고 들은 사람.

그래서 험담은 가급적이면 안 하고 사는 것이 가장 좋은 방법이긴 하나 입이 근질근질하여 도저히 참을 수 없을 때는 아주 믿을 만하고 너희를 아끼고 사랑해서 옮길 가능성이 거의 없는 딱 한 친구에게만 하는 게 좋아. 믿을 만한 그런 친구 한두 명 정도는 분명히 있을 거야. 그래야 너도 숨을 돌릴 수가 있거든. 대나무 숲에서 소리치는 것처럼.

만약 그것이 새어나간다면 그 말을 옮길 사람은 그 친구밖에 없을 것이니 그 친구는 너희가 생각하는 것처럼 그렇게 믿을 만하거나 은밀함을 나눌 수 있는 가까운 친구는 전혀 아니었던 거지. 결국 진정한 친구가 아니었으니 그런 친구랑은 과감하게 단절할 좋은 기회로 삼아야겠지.

아무튼 그런 연유로 남의 험담이나 뒷담화는 절대 안 하는 게 가장 이상적이긴 한데, 너희 자신도 모르게 타인의 안 좋은 점을 이야기하고 싶거든 먼저 주위를 꼭 둘러보는 습관을 들이는 게 좋아. 그래서 그 자리가 세 명 이상이면 반드시 바로 침묵해야 하고 설령 둘이라 하더라도 함부로 이야기하지 말라는 소리야. 설령 그것이 대수롭지 않은 이야기라 할지라도 그

작은 돌에 맞는 개구리에게는 생명이 달린 아주 중요한 문제
일 수도 있으니까 말이야.

　대개 훌륭하고 자신 있는 사람들은 남 욕 잘 안 해.
　남 욕 잘하는 사람들은 대부분 다 찌질하거든. 인정?

　그럼 오늘도 좋은 오후 보내.

아빠의 진심이 너에게 닿기를

17. 친구 많다고
다 좋기만 한 것은 아니다

중고등학교 시절 친구 문제에 대해서 고민한 적들이 있지? 그건 너희뿐 아니라 나 때도 역시 똑같았던 것 같아. 그 당시에도 친구 문제는 어찌 보면 잘 풀리지 않는 인생의 화두 같은 거였다는 생각이 들어.

'좁고 깊게 친구를 사귈 것인가? 얕지만 넓게 친구를 사귈 것인가?' 물론 일장일단이 있어서 선뜻 어느 것을 선택하기도 힘들고 '어느 것이 더 좋다'라고 하기에는 각각이 주는 장단점이 너무도 뚜렷하기에 나 역시 고민을 많이 했던 걸로 기억돼.
　결국 길고 긴 고민 끝에 과감하게 좁고 깊은 친구 관계를 선택할 수밖에 없었지. 그 많은 친구를 다 맞추어 가면서 친해져야 하는 포용력이 내게는 절대적으로 부족하다고 느꼈기에 그걸 굳이 선택이라고까지 말할 건 없고 어쩔 수 없었다는 표현이 정확한 거겠지. 한편으로는 학생 신분이라 많은 친구와 낭만이나 친교를 누릴만한 절대적인 시간 자체가 부족했던 현실적인 이유도 있긴 있었겠지만.

아무튼 그 당시 친구들은 가급적이면 많은 친구와 두루 다 친하게 지내는 걸 당연시했던 것 같은데, 그러지 못했던 나는 겉으로야 드러내지 않았지만, 속 좁은 자신을 탓하며 때로는 그들을 선망 어린 눈으로 바라본 적도 종종 있었지.

이제는 너희도 다 학교를 졸업하고 중견 사회인으로 살아가는 요즈음 이렇게 나이 들어서 친구 문제를 다시금 뒤돌아보니, 학창시절의 친구를 어떻게 선택하며 살아가느냐 고민했던 부분은 한 인간의 생에 있어서 꽤나 중요한 삶의 중추를 관통할 수 있었던 아주 중요한 문제였다는 생각이 들어.

친구들을 사귀는 성향에 대해 그동안 많은 사람을 두루 만나본 경험에 의하면, 좁고 깊게 친구를 사귀는 유형의 사람들은 비교적 자기중심이 있고 가치관이 뚜렷하고 맺고 끊는 면

아빠의 진심이 너에게 닿기를

이 분명하여 어떻게 보면 신뢰감을 더 많이 줄 수 있다는 장점이 있었던 것 같긴 해.

하지만 타인에 대해서 관대하거나 배려심이 상대적으로 부족한 것처럼 보여 많은 사람으로부터의 인기는 별로 없고, 어찌 보면 좀스러운 면도 꽤들 가지고 있는 것처럼 보일 때가 많아.

반면에 많은 친구를 사귀는 사람들을 보면, 마음이 넉넉하고 훌륭하여 타인을 배려하는 점이 뛰어나고 친구들 사이에서도 융합을 잘하여 사람 좋다는 소리를 아주 많이 듣곤 하지.

하지만 워낙 이 친구 저 친구 다 챙기려다 보니 정작 본인 챙기는 거는 뒷전이라 실속이 없는 경우가 너무 많았던 것 같아. 그리고 신중하고 냉정해야 할 때도 남의 시선을 많이 의식하다 보니 허세를 부리는 경우도 많고 때로는 사람이 진실되게 보이지 않는 측면도 꽤 있더라고.

사실 친구를 어떤 방식으로 사귀는 것이 옳은지는 정답이 없기에 전적으로 본인이 선택할 문제이긴 하지. 하지만 너희 역시 어떤 방식으로 친구를 사귀는 유형인가는 아빠로서도 충분히 잘 알고 있기에, 윗글에서 지적한 아쉽고 부족할 수 있는 부분은 충분히 잘 고려해서 친구 관계를 잘 만들어 나갔으면 좋겠어.

옛말에 그런 말 있지.

'정승 집 개가 죽으면 사람이 들끓는데, 막상 정승이 죽으면
아무도 안 온다.'

이 말은 나름 시사하는 바가 참으로 크다는 생각이 들어.

이와 비슷한 이야기는 《명심보감》에도 나오지.

'서로 얼굴을 아는 사람은 온 세상에 많이 있으나, 마음을 아
는 사람이 몇이나 되겠는가.

서로 술이나 음식을 함께할 때는 형이니 동생이니 하는 친
구는 많으나 급하고 어려운 일을 당하였을 때는 도와줄 친구
가 하나도 없느니라.'

이게 다 예부터 친구라는 건 많은 것 같지만 진정한 친구는
그만큼 없다는 이야기이니 나름 참고할 필요는 있을 것 같아.

명심보감에서 공자가 말한 것처럼 술 마실 때나 놀 때 친구
가 많은 거지 정말 힘들고 그럴 때, 과연 너희 옆에 친구들이
얼마나 남아 있을까.

아빠의 진심이 너에게 닿기를

사실 거기에서 한 발짝 더 나아가 보자면, 나는 친구 문제에 대해서는 오래도록 느끼고 경험해 본 결과 이런 생각을 해본 적도 있어.

'슬플 때 함께 슬퍼해 주는 친구보다 기쁜 일이 생겼을 때, 내 일처럼 기뻐해 주는 친구가 있다면 그 친구야말로 진정한 내 친구이다'라고.

마지막으로 이건 고등학교 동창이랑 몇 년 전쯤에 나눴던 이야기인데, 너희도 한번 음미해 보면 좋을 것 같아서 이야기해 주고 친구 이야기는 마무리할게.

그 친구는 참 이미지가 좋은 친구였지. 아마 주위를 보면 너희에게도 그런 친구 꼭 있을 거야. 아무도 그 친구 뒷담화도 안 하고 누구든지 '걔는 참 착해' 하는 그런 친구.

그런데 우연히 그 친구를 포함하여 친구들 몇이 당일치기로 포천의 화적연이라는 곳을 다녀온 적이 있어. 그래서 가는 도중에 아주 오래도록 궁금하던 걸 어렵게 물어봤지.

"친구야. 너는 어떻게 모든 친구에게 이구동성으로 다 좋다는 소리만 듣고 살았어? 무슨 특별한 비결이 있었던 거야? 아주 오래전부터 그게 궁금했거든."

"그런데 너 요즘 보니까 아니, 40대 중반부터는 친구나 동창 모임에도 자주 안 나오던데 희한하게 오히려 더 밝고 신나게 살아가는 것 같은데 도대체 그동안 뭔 일이 있었던 거야?"

그랬더니 그 친구 왈,

"응, 사실 뭔 일이 있었던 건 아니고, 난 나이 먹도록 친구들에게 어떤 욕도 먹지 말고 '모든 친구가 나를 참 좋아했으면 좋겠다'라는 마음으로 계속 지내왔던 것 같아. 그래서 졸업 이후에도 여기저기 무슨 모임이든 친구들 모인 곳이면 아무리 힘들어도 다 참석하고, 친구들에게 웬만한 건 다 맞추어 주면서 살아왔어. 그러다 보니 당연히 그런 좋은 평판을 얻은 거 같기는 해.

그런데 어느 날 마흔이 넘어가고 나서 인생을 문득 뒤돌아보니 갑자기 허전해지는 게 정작 내가 어디에 있는 건지도 모르겠더라고. 도대체 내가 내 인생을 살아가는 건지, 다른 사람의 인생을 살아가는 건지 도저히 이해가 안 되더라고. 어찌 보면 온전한 내 삶이 없었던 것 같아.

사실 난 학생 때부터 모든 친구에게 좋은 평판을 받아야만 한다는 강박관념으로 살아왔어. 남들은 잘 모르겠지만, 그동

아빠의 진심이 너에게 닿기를

안 그게 너무 힘들었거든. 그것도 거의 40년 동안이나 말이야. 그래서 이제부터는 친구들이 나에 대해 어떤 이야기를 하든지 신경 쓰지 않고, 50%에게는 욕을 먹더라도 50%에게만 인정받는 삶을 살아가 보자고 생각하니까, 그게 그렇게 즐겁더라고. 비로소 여유도 생기고. 그러니 얼굴이 더 편하고 좋아 보일 수밖에 없겠지. 늦게나마 깨닫게 되었지만 이제 온전한 나의 삶을 찾은 것 같아. 그래서 지금은 모든 게 다 편해."

사실 난 이 친구가 이렇게까지 솔직하게 이야기해 줄지 몰랐거든. 암튼 그렇게 이야기해 준 친구가 너무나도 고마웠어. 그 친구의 모습 역시 어찌나 신나 보이던지 참으로 좋은 시간이었지.

다 듣고 보니까 정말 그 친구는 아주 오랫동안 '착한 아이 콤플렉스'에 빠져있었던 것 같아. 그래도 늦게나마 그러한 관념에서 스스로 벗어난 내 친구가 참으로 대단해 보이지 않니?

난 지금도 누군가가 친구들이 유난히 많다고 자랑삼아 하는 이야기를 들으면 그 동창 생각이 먼저 떠오르더라고. 혹시 그러한 강박관념 때문에 내색은 안 해도 속으로는 얼마나 힘든 일이 많을까 하는.

사실 친구 많다는 것은 좋은 일이기는 하지. 하지만 그것이 항상 다 좋기만 한 것만은 아니라는 걸 이제 충분히 이해했으리라 믿어.

앞으로도 난 너희가 친구들로부터 이구동성으로 '착한 사람'이라고 불리기보다는 '좋은 사람'이라고 불리기를 바랄게. 무슨 맘인지 잘 알지?

아빠의 진심이 너에게 닿기를

18. 가까운 사람일수록
더욱 존중하라

코로나 탓에 전 세계적으로 거리두기가 유행한 적이 있었지. 음식점에 가든 영화관엘 가든 사람이 많이 보이는 장소는 어디를 불문하고 사람 사이의 거리를 지정해 주었던 거 기억나지? 이름하여 '안전거리'.

그래. 이 경우와는 다소 다르겠지만 본질은 어쩜 같은지도 모르겠어. 부부는 부부간의 적당한 거리가 있겠고, 형제는 형제끼리, 혹은 친구는 친구끼리 처음 보는 사람은 처음 보는 사람끼리 각각에 맞는 심리적 거리가 있을 거야. 때론 시간적인 거리나 물리적인 거리까지 포함해서 말이지.

여기서 내가 이야기하고자 하는 '거리'는 바로 상호 간에 '가장 편안하면서도 서로를 존중할 수 있는 그 거리'를 말함이지.

살아오면서 사람들끼리의 관계에서 아주 안타까운 것 중의 하나를 꼽자면, 가까운 사이에서는 편하고 아무렇지나 않게 대해도 이해해 주고 안아줘야 한다는 심리가 작용하기 때문인지 몰라도, 상대에 대해 존중감 없이 대하고 때로는 무례와 불쾌감을 주는 경우가 비일비재한 것 같아. 나도 실제로 종종 경험해 보았고.

그러다 보니 아주 오래 쌓아온 관계라 하더라도 순간적으로 헤어지는 경우도 다반사고, 안타깝게도 철천지원수가 되는 경우도 흔하게 볼 수 있다는 거야. 근데 억울하지 않니? 이렇게 수십 년 동안 노력과 정성으로 쌓아 놓은 관계가 한순간에 물거품이 된다는 것이.

물론 서로 간에 특별히 친밀한 사이이다 보니까 일정한 한도 내에서는 자유롭고 편안하게 하는 게 당연히 좋겠지만 사람의 일이라는 게 그 선을 지키기가 정말 애매하고 어려운 경우가 많거든.

이 세상 그 누구보다도 가장 존중하고 아끼고 사랑해야 할

아빠의 진심이 너에게 닿기를

가까운 사이임에도 불구하고, 아주 약간의 거리조차 두질 않고 완전히 자신과 동일시하는 실수가 빈번하다 보니 상호 간에 돌이킬 수 없는 언행과 상처로 인해 안 좋게 헤어지는 경우도 허다해.

아마 너희도 그런 기분 느낀 적이 분명히 있을 거야.

《명심보감》 '성심(省心)' 편에 보면 이런 이야기가 나와.

'오래 머물러 있으면 사람으로 하여금 천하게 여기고, 자주 오면 친하던 것도 멀어지느니라. 오직 닷새 만에 서로 보는데도 처음 보는 것 같지 않느니라.'

이 말을 의역해 보면 이런 이야기 아닐까?

'아무리 친한 사람의 집이라도 오래 머물러 있게 되면 업신여기며 싫어하게 되고, 아무리 다정한 벗이라 해도 너무 자주 붙어있으면 다정한 맛도 없어지고 데면데면해지니 지나치게 자주 찾아보는 건 삼가는 게 좋겠다.'

결국은 친분을 서로 오래도록 아름답게 나누고 유지하려면 가까운 사람일수록 적당한 거리를 유지하고 더 예를 차리며 상대방을 존중해 줘야 한다는 말로 해석해도 무리는 아닐 거야.

사실 난 낯간지러워 평생을 안 해보았는데 아주 가뭄에 콩 나듯이 부부간에 서로 존댓말을 쓰는 부부를 본 적이 있는데 정말로 보기 좋더구나. 이러한 부부가 어쩌면 바로 앞에서 이야기한 편안하면서도 서로 존중하는 '거리두기'의 표본이 아닐까.

아마 이런 부부는 틀림없이 평생 싸움할 일도 없을뿐더러 상호 존중이 몸에 뱄으니, 친구처럼 평생 행복하고 화평할 것 같다는 생각이 들어. 하긴 서로 존댓말을 또박또박 쓰면서 부부싸움 하려면 정말 힘들기도 하겠고 재미도 없어서 차라리 싸움 안 하고 말지라는 생각이 들 거 같기도 해.

그래서 너희에게 강조하노니,

굳이 존댓말까지야 쓸 필요는 없겠지만, 지금까지 모든 노력 다 들여서 쌓아온 가까운 사람일수록 일반적인 다른 사람들이나 처음 보는 사람보다 더욱 예의를 차리고 존중했으면 좋겠어. 가까우면 더 가까운 사람일수록. 친구든 가족이든.

그들이야말로 진정 너희가 힘들고 외로울 때 힘이 되고 위로가 되어주고 기쁨도 함께 나눌 수 있는 가장 소중한 사람들이니 더욱 아끼고 존중하며 사랑해야겠지.

아빠의 진심이 너에게 닿기를

그러기 위해서는 아무리 가까운 사이라도 약간의 거리두기는 필요할 거야. 멀어지기 위한 거리두기가 아니라 더욱 사랑하고 오래도록 친분을 유지하기 위한 거리두기 말이야.

그럴 때 서로 간의 인품도, 함께하는 사랑도 평화도 더욱 빛이 날 거고 질리지 않게 오래도록 좋은 관계로 남아 있을 거라 확신해.

같이 있어도 보고 싶다는 생각이 들 정도로.

19. 싫어하는 사람이 있거든
이렇게 대처하라

가만히 생각해 봐. 혹시 지금까지 살면서 왠지 모르게 그냥 좋은 사람이나 그냥 싫은 사람이 몇 명이나 있었니?

집단이 있는 곳에서는 어디서나 그런 사람들이 한둘 정도는 있게 마련인데, 내게도 그런 경험이 종종 있기는 했지. 아무 이유도 없이 그냥 좋은 사람이 많다면 얼마나 좋겠어. 그것보다 신나는 일은 없겠지. 사람들 만나는 것 자체가 늘 즐거운 일이니 참으로 행복할 테고.

그러나 불행하게도 '그냥 좋은' 사람을 만난다는 건 평생 손가락으로 꼽을 정도에 불과할 거야. 오히려 골치 아픈 건 아무

아빠의 진심이 너에게 닿기를

이유도 없이 '그냥 싫은' 사람이 가끔 너희 눈앞에 나타나서 마음을 힘들게 할 때가 많겠지. 그래서 그 사람이 있는 자리라면 가능하면 참석하고 싶지도 않고 그냥 피하고만 싶다 이 말이지. 머리로는 그러면 안 된다는 걸 알고 있지만 가슴에서 자꾸 그렇게 시키니 여간 신경 쓰이는 일이 아닐 수가 없어요.

도대체 왜 아무 이유도 없는데 '그냥 싫은 사람'이 생기는 걸까?

심리학에서는 사람이 싫은 건, 그냥 싫은 게 아니라 자세히 생각을 해보면 반드시 이유가 있는 거라 하더라고. 그 사람에 대한 상대적 결핍이나 혹은 과거의 그 사람과 유사한 사람에게서 받은 안 좋은 경험이나 투사, 그것도 아니면 자신도 모르는 자기의 그림자 같은 거라고도 이야기하고 있어.

그래서 그런가 하고 하나하나 따져서 생각을 해보았는데 그럴 가능성이 전혀 없는 거야. 이럴 땐 정말 환장하지. 이런 게 바로 사람이 정말 '그냥' 싫은 거지.

옛 선현들은 이렇게 이야기했지. '싫은 사람이 생기거나, 누가 나를 욕하거든 나를 한번 돌아보라'고. 물론 평소에 늘 자기를 돌아보고 살피면서 살아야 하는 건 인간으로서 당연히 지

향해야 할 자세이긴 하지. 그래야 하는 거고.

그러나 이 경우엔 옛 선현들의 말씀이라고 무조건 따를 필요가 없다고 생각해. 아무 잘못도 없고 아무 이유도 없는데 왜 매일 내 탓만 해야 하고 반성만 하면서 살라는 건지. 그건 아니지.

'과공비례(過恭非禮)'라고 지나친 것은 오히려 부족함만도 못한 거라는 생각이 들어. 지나친 겸손과 자기반성은 오히려 상대방을 나와 동등하게 인정하지 않는 교만에서 비롯된 것일 수 있거든.

프랑스의 유명한 시인인 보들레르는 이런 교만과 관련하여 《파리의 우울》 중 〈가난뱅이를 때려죽이자〉라는 글에서, 다음과 같이 표현했어.

'남과 동등함을 증명하는 자만이 남과 동등한 거요.'

사실 선현들의 말씀은 대부분 세상과 인간을 통찰하여 나오는 지혜의 말씀이라 대부분 익히고 배워야 하는 건 맞아. 하지만 지금 시대에서는 이치에 맞지 않는 것도 간혹 있으니, 무조

아빠의 진심이 너에게 닿기를

건 받들고 따를 것이 아니라 상황에 따라서 잘 살펴볼 필요는 있을 거야.

중국과 한국에서 인간으로서 가장 지키고 행해야 할 유교 가르침의 기본 도리인 '삼강오륜'이라는 게 가장 대표적인 예지. 삼강에서 나오는 '부위부강(夫爲婦綱)'과 오륜에서 나오는 '부부유별(夫婦有別)' 같은 거 말이지. 이미 세상은 남녀평등의 시대로 변한 지 오래인데도 불구하고 아직도 남녀의 역할을 따로 정해놓은 것도 모자라 남녀관계를 차별적 주종관계로 묘사해 놓은 것은 시대적으로 맞지 않는 소리잖아.

자, 그럼 너희는 어떻게 해야 할까.

간단해. '싫은 사람'이 있거들랑 이렇게 해보자고.

곰곰이 생각해 본 결과, 어느 정도 이유가 있어서 싫은 거라면 '이러이러해서 내가 저 사람을 싫어하는 거구나' 하고 내 마음을 스스로 받아들이고 인정하면 대부분은 괴로움에서 벗어날 수가 있어. 이런걸 '마음 읽기'라고 하는데 대개 어떤 점에 대해서 인정하고 수용하는 순간, 대부분 문제에 대한 고통에서 벗어날 수 있게 되는 거랑 이치가 똑같거든.

그런데 정말 이유 없이 '그냥 싫은 사람'이 있으면 그런 자리는 가지 마. 굳이 참석 안 해도 괜찮아. 사적인 자리에서 괜스레 불편함을 감수하면서까지 '착한 아이' 콤플렉스를 가지며 살아갈 필요가 없거든. 한 번밖에 없는 소중한 인생. 이왕이면 그 시간에 편한 사람들 만나며 즐겁게 살거나 자기 계발을 하는 게 낫지.

한창 인생을 배워가는 젊은 시기라 기본적으로 도덕이나 윤리적인 측면에서 고민할 수가 있는데, 그런 죄책감은 전혀 가질 필요 없어요. 나이 든 사람들은 그런 자리 대부분 안가거든. 이제 서로 간에도 인생을 다 어느 정도 알만한 사람들이니 참석 안 한다고 굳이 뭐라 하는 사람도 없고 말이야. 그게 순리대로 사는 것이니 나이 들면서 순리를 받아들이며 살게 되는 거지.

그러나 그것이 대여섯 명 모이는 사적인 자리가 아닌, 공적인 자리라면 그때는 문제가 달라지겠지. 동창회라든가 직장 일이라든가. 그때는 어쩔 수 없이 참석해야 할 경우가 당연히 생기지. 그 경우에는 어쩔 수 없이 너희 맘속에 그냥 싫은 사람과 만나게 될 수밖에 없을 거야. 그럴 땐 이렇게 해보는 건 어떨까?

한 이십여 년도 더 지난 이야기야.

언젠가 동창회에 참석해서 그냥 싫은 친구를 아는 척도 안 하고 가까운 동창들과만 열심히 잘 떠들다 놀고 온 적이 있었지. 한참 후에 아주 가까운 친구가 그걸 내게 지적하더라고.

'넌 왜 이쪽 친구들 있는 쪽은 눈길도 안 주고, 아는 척도 안 하고, 와서 악수조차 안 하고 그러냐? 반갑게 인사라도 하면 좋을 텐데. 인사조차 안 나누는 거 아주 보기 싫다' 하고.

사실 난 '그냥 싫은 친구'가 그쪽에 있었기에 마음이 불편하니 안 마주치고 싶어서 그런 거거든. 내가 그렇게 그 친구를 그냥 싫어하는 줄 아무도 모르기도 하거니와 입 밖으로도 싫다고 아무에게도 이야기한 적이 없었으니까. 내가 왜 그랬는지도 몰랐을 거니까 당연히 그런 충고를 들을 만도 하지.

그 이후 나는 친구의 지적이 맞는 것 같아서 다음부터는 그럴 기회가 오면 굳이 악수까지는 안 해도 그냥 '잘 있지?' '안녕?' 하고 손을 흔들어서 가볍게 인사하곤 하지. 그런데 별것 아닌 것 같아도 마음이 훨씬 가벼워지더라고.

너희도 직장이나 동창회 등 그런 사람이 있거들랑 그렇게 해봐. '미운 놈 떡 하나 더 준다' 하는 생각으로 가볍게 손을 흔들어 인사를 나누며 일부러 아는 척이라도 해줘. 할 수 있으면

억지로라도 더 온화한 눈빛으로 말이야.

그것이 설령 속마음과는 다른 영혼 없는 인사라 해도 보기 싫다고 모른 척하는 것보다는 훨씬 성숙한 사람들이 하는 행동임은 틀림없어. 어차피 둘이 미주알고주알 이야기할 것도 아니니까 그 정도만 해도 너희 맘속의 불편함과 심란함에서는 상당히 벗어날 수가 있기에 아주 좋을 거야.

세상 살기 참 힘들어. 그렇지?

돈 벌기도 힘들어 죽겠는데 이제는 사람 하나하나에까지 신경 쓰면서 살아야 하니까 말이야. 그것도 '그냥 싫은 사람'까지.

근데 어쩌랴. 이게 우리네 인생인 것을.

앞으로도 아마 너희 앞에는 원하든 원치 않든 '그냥 좋은 사람'과 '그냥 싫은 사람'이 종종 나타날 거야. 그럴 때 오늘 아빠가 이야기해 주는 대로 대처해 보면 굳이 싫은 사람 때문에 생기는 큰 고민 따위는 많이 줄어들 거야. 어쩜 속을 괴롭히던 그 문제도 '아주 대수롭지 않은 거였구나' 하고 느낄 수도 있을 거고.

아무튼 그럼에도 불구하고

너희의 앞날에 '그냥 싫은 사람'보다 '그냥 좋은 사람'이 많이

아빠의 진심이 너에게 닿기를

나타날 수 있도록 늘 기도할게.

안녕.

20. 부부간에
절대로 하지 말아야 할 세 가지

결혼해 보니까 어떻든?

세상사 항상 좋은 것이 있으면 안 좋은 것도 따라오듯이 부부가 남남으로 만나서 늘 함께 살아가야 하니 가끔은 토닥거리는 일도 생길 거야. 오죽하면 해봐도 후회 안 해봐도 후회하는 것 중의 하나가 결혼이라 했을까.

그래서 오늘은 혹시나 하는 노파심에 가끔 투덕거리는 식의 가벼운 부부싸움을 할 때라도 절대로 넘지 말아야 할 세 가지에 대해서 이야기해 볼까 해.

첫 번째로 어떤 경우에도 부부간 해서는 안 되는 말은 시댁

아빠의 진심이 너에게 닿기를

이나 처가, 즉 배우자의 원가족에 대한 무시와 험담이야.

이 말은 남편이나 아내에 대한 아주 근원적인 존재에 대한 부정이기 때문이지. 어차피 부부가 남남으로 만났고 자란 환경과 성장 과정이 서로 판이한 집에서 자랐기에 집안의 관습이나 전통은 물론, 심지어는 생활이나 식습관 같은 것도 거의 다를 수밖에 없는 건 당연한 거 아니겠니?

그런데 우리 집과 다르다고 가끔이라도 험담하고 무시한다면 듣는 배우자는 자기 부모님을 포함해서 가족 그리고 자기까지 경멸하는 것으로 들릴 건 뻔한 이치지. 아마 부부간에 그 말만큼 자존심 상하고 아프고 분노를 일으키는 말은 없을 거야.

그래서 배우자 집안에 대한 부정, 즉 말만 하면 "너희 집은 왜 그래?" "무슨 집이 그러냐?" 등의 무시와 험담은 부부간에 절대 해서는 안 될 첫 번째 금지어인 거야. 요즘 어린 학생들 사이에서조차 자기 부모나 가족 욕을 하는 일명 '패드립' 듣는 걸 가장 수치스럽고 이성을 상실케 할 만큼 가장 큰 욕으로 여긴다고 하지. 그것만 보아도 상대 가족에 대한 욕이 얼마나 치명적이고 위험한 것인가를 충분히 짐작할 수 있을 거야.

두 번째로 절대 하지 말아야 할 것은 '남의 집 남편이나 아내와 비교하는 말'이야.

이 말은 별것 아닌 것처럼 사소하게 보일지라도 상대방의 자존감을 긁어서 일순간에 나락으로 떨어뜨리기에 절대 해서는 안 되는 말이지. 끝없는 부부싸움의 원인이 되기도 하는 단골 메뉴이기도 하고. 남의 집 남편과 비교한다면 설령 신랑의 좋은 점을 말하려는 건 분명 아니겠지. 아마 99%는 자기의 배우자가 친구의 배우자보다 못하다는 이야기일 거야.

자기는 남의 집 남편이나 아내가 가진 장점들을 다 소유하거나 그런 대접을 받아야 마땅하다는 속마음을 은연중에 드러내는 일이기도 하니 듣는 사람은 얼마나 복장 터지고 불쾌한 일이겠어.

'옆집 철수 아빠는 월급이 얼마나 올랐대.'

'고등학교 동창 혜경이 남편은 매일 출근할 때마다 뽀뽀도 해주고 퇴근하면 요리도 본인이 한대.'

'15층 준석이네 엄마는 얼굴도 이쁜데 상냥하기까지 하대. 그리고 월급은 남편보다 더 많고. 게다가 요리가 취미래.'

대개 무심코 내뱉는 이런 말들이 대부분일 거야.

나도 돌이켜보니 젊은 시절 너희 어렸을 때 다른 집 남편과 비교당하는 이야기 한두 번 들어본 적이 있는데, 이때 기분은 사실 말 못 할 정도로 자존심 상하고 불쾌했거든. 그냥 악의도

아빠의 진심이 너에게 닿기를

없고 지나가는 말로 무심코 하는 이야기에도 그럴진대, 서로 간에 투덕거리거나 싸울 때 비교하는 말은 그야말로 부부 사이를 완전히 금 가게 하는 아주 치명적인 원인이 될 수도 있어.

예전에 어떤 유머집에서 한 번 본 적이 있는 글이 있는데 참 재미있는 게 있더군.

어느 처녀가 입력만 하면 원하는 신랑감을 찾아준다는 로봇에게 다음과 같이 적어서 입력했대요.

'제가 원하는 남편감은 키 180cm 이상, 얼굴 알랭 드롱 급, 성격 다정다감하고 유머 감각 있을 것, 월급 1억 이상.'

그리고 기다리니 잠시 후 로봇이 그야말로 기발한 대답을 내놓았지.

'너는?'

마지막으로 절대 해서는 안 되는 건 부부간에 신체적인 폭력을 행사하는 거야.

이것은 인간의 기본권과 존엄성에 대한 완벽한 침해이기 때문에 절대 해서는 안 되는 일이지. 이게 왜 더 문제가 되느냐하면 부부간에 폭력을 보고 자란 자식들이 결혼하면 나중에 거의 부부간에 폭력을 행사하며 산다는 보고가 있어. 그래서 더욱 위험하다는 이야기지. 이를 '폭력의 대물림'이라고 하는데 한 다리만 건너면 아직도 아직도 꽤 볼 수 있는 일이라 참으로 안타깝기 그지없지.

내가 자라던 1960~1970년대는 맞고 사는 아내들이 정말로 많았어. 심지어는 텔레비전 연속극에도 자연스럽게 나올 정도로 말이야. 그런 와중에도 아내들은 눈물 훔치며 '술이 죄지 사람이 무슨 죄냐' 하며 남편의 구타를 스스로 변호하고 참고들 살아갔지. 그야말로 말도 안 되는 희대의 논리와 궤변이 판을 치던 참으로 암울한 시대였었거든.

그런데 요즈음에 특이한 점이 있다면 예전에는 거의 99%가 남편이 아내를 구타하거나 폭력을 행사했다면 지금은 반대로 아내가 남편에게 폭력을 행사하는 경우도 많다고 하니 더욱 유의해야겠지. 특히 술 먹으면 이런 폭력의 행태는 더욱 심해지곤 한다고 하지.

일본에 이런 격언이 있어.

'술이 착한 사람을 못되게 만들어 주는 게 아니라, 원래 그 사람이 나쁜 사람이었다는 것을 술이 밝혀 주는 것이다.'

아무튼 이 글을 쓰면서도 너희는 아빠 엄마보다 훨씬 현명하고 모범적으로 잘 살아가는 것 같아 다행이긴 하다만, 그래도 사람 일이란 건 항상 몰라. 때로는 살다 보면 서로의 가치관 충돌이나 아이를 양육하는 방식 등에 있어서 사소한 갈등이 많이 생길 거야.

그런 일이 생긴다 해도 내가 오늘 이야기하는 부부간에 절대적으로 지켜야 할 금기사항 세 가지는 금쪽처럼 잘 지켜서 지금처럼 오순도순 잘 살아갔으면 좋겠구나.

요즘 아이 키우느라 맞벌이하느라 힘든 거 잘 알아.
힘들고 어려울수록 서로 이해해 주고 격려하며 행복한 결혼 생활 잘해 나가길 바랄게.

자, 오늘도 힘을 내기를!
파이팅!

21. 직접 보고
경험한 것을 믿어라

세상에 우리가 살아가면서 가장 나를 괴롭히는 것은 무엇일까.

그건 각자의 처한 상황과 위치에 따라 그때그때 다르겠지.

돈이나 건강 문제일 수도, 아니면 회사에서의 고된 업무나 이

미 중독되어 끊기 힘든 술이나 담배일 수도 있겠지. 그러나 무

엇보다도 가장 많은 사람이 고민하고 힘들어하는 건 바로 인

간관계가 아닐까 싶어.

인간관계란 일부에게는 가족 문제일 수도 있지만 대개는 연

인이나 친구, 학창시절의 동창, 혹은 직장에서의 상하, 동료

관계 등 나를 둘러싸고 있는 수많은 사람들과의 관계에서 오

는 피곤함이나 긴장, 불안 그리고 스트레스 같은 것일 거야.

그도 그럴 것이 돈, 건강, 술, 담배 등 그런 것은 나 혼자서도 어느 정도 노력하느냐에 따라서 해방이 될 수 있는 거지. 하지만 인간관계라는 건 내가 아닌 또 다른 사람, 즉 마음과 마음이 각각 존재하는 거니 도저히 나 혼자서는 절대 해결할 수 없는 문제거든.

일본 사회에서 한동안 이지메가 문제 되었지만, 우리나라의 왕따 문화도 꼭 학생들 세계에서만 있는 것은 아니야. 그건 사람이 있는 모든 곳에서 존재한다고 보면 돼. 동창들이나 직장인 사회에서도 알게 모르게 왕따라든가 은따 문화가 형성되어 있고, 굳이 드러내고 표현하지 않지만 어느 조직에서나 흔히 있을 수 있는 문제일 거야.

심지어 직장에서 아주 못된 상사가 있으면 그런 걸 은근히 조장하고 그러는 곳도 있어. 요즘은 직장 내 괴롭힘이라는 법이 있어서 그나마 고용노동부에 신고할 수도 있지만, 직원 신분에 자기 밥줄을 끊어가면서까지 그러기 쉽지 않거든. 이런 경우 해당자는 얼마나 괴롭고 죽고 싶을 만큼 힘들까.

최근의 기사를 보니 직장 내 괴롭힘 경험자 10명 중 1명은 극단적 선택을 고민한다는 뉴스가 뜨더구나. 이 얼마나 무섭고 슬픈 우리 사회의 현실인 건지.

또한 동창들이나 일반 사람들 사이에서도 사람이 모인 곳이면 어디에나 뒤에서 끼리끼리 수군거리고 심지어는 실체도 없는데 골탕을 먹이려고 헛소문 내는 경우도 비일비재하지. 그런 것을 보면 사람의 본성은 원래 선한 것보다는 악한 쪽이 맞는 것인지 모른다는 생각이 들곤 하지.

왜 사람들이 모이면 욕하는 건 다들 재미있어하면서 누구를 칭찬하고 그러면 하품이나 하고 재미없어할까. 사람들 마음이 통상 이와 같을진대 어찌 인간관계가 힘들지 않을 수가 있겠어.

사람들이 그렇잖아. 남의 안 좋은 이야기를 듣게 되면 그 사람이 나랑 관계없는 사람일지라도 안 좋은 선입관이 만들어지거든. 실체적 진실과는 아무 상관도 없이 말이야. 특히 내가 친하다거나 나름 관계있는 사람들에 대해 안 좋은 소문이라도 듣게 되면, 그런 소문 듣는 것만으로도 기분이 나쁘고 그 친구에 대한 실망과 오해를 하게 되는 경우도 다반사로 일어나게 되거든. 이런 짓은 이간질 잘하는 사람들이 자주 써먹곤 하지. 그러다 보면 너희 역시 아무리 믿지 않으려 해도 상대방에 대한 실망감으로 괜히 그 사람을 가까이하기도 꺼려질 거야.

아빠의 진심이 너에게 닿기를

《명심보감》을 보면 이런 말이 있어.

'직접 보고 경험한 일도 모두 참된 것이 아닐까 두렵거늘, 뒤에서 하는 말들을 족히 어찌 깊이 믿으리오.'

내 눈으로 직접 보고 확인한 것도 다 진실이라고 확신할 수 없는데, 남이 하는 말만 믿고서 그것을 그대로 받아들인다면 참으로 어리석고 멍청한 사람이라는 뜻이지.

그러니 너희는 앞으로 사람들이 다른 사람의 어떤 이야기를 들을 때, 수없이 오가는 가십이나 소문 따위는 그냥 딴 나라의 먼 이야기려니 흘려듣고 가능한 한 믿지 않았으면 좋겠어. 그것이 안 좋은 이야기면 더욱더. 이건 정말 중요한 일이지.

너희가 '어떤 사람에 대해서 직접 본대로 경험해서 느낀 대로만 믿는 습관'을 기른다면 타인에 대한 쓸데없는 관심과 고민 등 복잡한 인간관계에서도 벗어날 수 있을 거야. 동시에 아주 단순한 삶을 즐길 수도 있을 테고, 타인에 대한 괜한 오해와 편견에서도 벗어나게 되어 평정심을 유지하며 살아갈 수 있어.

반면에 '소문에 솔깃하고, 네가 보고 싶은 대로만 보고' 산다면 너희 눈 앞에 펼쳐지는 세상은 늘 삐뚤어져 보이고 왜곡되어 보일 거야. 그럴수록 너희는 끝없는 확증편향의 늪에 빠져

늘 허우적거릴 테고.

　자, 다시 한번 강조하지만,

　타인에 대한 소문에 너무 솔깃하여 관심 기울이지 말고 너희가 보고 느끼고 경험한 것만 믿는 습관을 잘 길러보자고.

　또한, 가끔은 냉정하게 자기 객관화도 해가면서 늘 그렇게 살아가도록 노력해 보자꾸나.

아빠의 진심이 너에게 닿기를

22. 내 모든 것 다 주어도
아깝지 않은 사랑의 대상이 있는가

이 세상에서 가장 많이 쓰이는 말은 무엇일까?

돈일까? 엄마일까? 사랑일까?

물론 조사를 해보지 않아서 잘 모르겠지만 추측하건대 '사랑'이라는 말이 가장 많은 사람이 쓰는 말 중 하나가 아닐까 싶어. 굳이 물어보지 않아도 유행가나 시나 소설 등에서도 대부분은 다 사랑을 노래하고 있으니까. 그래서 오늘은 사랑이 무엇이고 사랑이 왜 너희에게 필요한 것인가에 대하여 이야기를 해볼게.

사랑이란 과연 무엇일까?

유행가를 보면 〈사랑은 눈물의 씨앗〉이란 노래도 있고, "사랑 눈감으면 모르리, 사랑 돌아서면 잊으리"라는 가사 등 그야말로 사랑에 대해서는 오만가지 표현이 다 있지. 그러나 어떤 것이 진정 사랑을 의미하는가에 대해서는 느끼는 사람에 따라서 조금씩 차이는 있을 거라는 생각이 들어.

고대 그리스 철학자인 플라톤은 사랑을 육체적인 사랑(Eros), 도덕적인 사랑(Philia), 정신적인 사랑(Stergethron), 무조건적인 사랑(Agape)의 네 가지로 분류했지. 그리고 '사랑'이라는 것은 육체적 사랑에서 무조건적 사랑으로 발전해 나간다고.

우리가 찾고 있는 사랑이나 그리던 사랑은 어찌 보면 결국 위의 네 가지 범주에 속할 수밖에 없을 거야. 하지만 플라톤의 정의에서 보듯이 사랑이라는 것은 굳이 남녀 간에만 존재하는 것은 아니듯이, 그 사랑의 대상은 부모나 형제자매 아니면 친구나 다른 사람 그리고 좀 더 범위를 확장해 보면 다른 그 무엇일 수도 있겠지.

어쩌면 사랑에서 진짜 중요한 것은 결국은 그 대상이 아니라 그 대상을 대하는 내 마음의 상태가 어떠한가가 훨씬 더 중요하다는 생각이 들어. 그것과 관련되어 인도의 유명한 명상가인 오쇼 라즈니쉬가 이야기한 게 있는데, 나름 울림이 있는

아빠의 진심이 너에게 닿기를

내용이라 소개해 볼게.

'사랑은 나의 행복과는 아무런 관련이 없다. 내 자신이 목적이 아니라 타인이 중요하다. 그러나 탐욕에서는 그대가 중요하다.'

'탐욕은 나의 행복을 위해서 상대방을 어떻게 이용하느냐를 생각한다. 그러나 사랑에서는 상대방의 행복을 위해서 내가 어떤 수단이 되어야 하느냐가 중요하다. 사랑에서는 그대 자신을 희생하며 주는 것이고 탐욕은 빼앗는 것이다.'

사랑에 대해서 나는 지금까지 이토록 정곡을 찌른 글을 본 적이 없어. 예전에 이 글을 읽고 참으로 반성을 많이 했거든. 내가 지금까지 입에 발리게 떠들던 사랑이 과연 사랑이었을까? 아니면 탐욕이었을까? 참 부끄러웠지. 결국은 상대방을 위한다는 명목하에 나의 행복을 위해서 부린 탐욕을 사랑이란 말로 포장한 것은 아닌가 하고.

이런 관점에서 보면 너희가 지금까지 한 사랑은 탐욕이었을까? 아니면 사랑이었던 것일까? 오쇼 라즈니쉬가 한 말이 절대적인 정답은 아니겠지만 충분히 생각해 보고 새겨볼 만한 구절이라 생각해.

그럼에도 불구하고 나는 너희가 살아가는 동안 진정한 사랑의 대상이 마음속 깊이 언제나 쉬지 않고 존재했으면 하고 간절히 바랄 거야. 아니, 나의 바람만이 아닌 꼭 그래 줬으면 좋겠어.

왜냐하면 사랑의 대상이 늘 너희와 함께 존재하는 동안 너희 눈에 비친 세상은 훨씬 아름답게 보일 것이고, 긍정적이고 낙천적으로 세상을 헤쳐 나가는 힘이 더욱 크게 생기기 때문이야. 또한 사랑할 때 생기는 맑고 좋은 에너지가 사랑하는 대상의 안녕이나 행복을 위해 끊임없이 작용할 테니 너희가 있는 곳이면 주변의 분위기도 좋아지고 웃음소리도 한층 더 많아지겠지.

시샘과 다툼과 증오와 반목이 온 세상을 덮고 있는 것보다 사랑하는 사람들이 많은 세상. 얼마나 보기가 좋아.

항상 어느 곳에서든지 사랑할 줄 알고 사랑받을 줄 아는 멋진 사랑둥이가 되기를 빌며 오늘의 사랑 이야기는 여기서 끝.

아빠의 진심이 너에게 닿기를

Part 3

돈에 관하여

23. 여윳돈이 있어도
위험자산에 대한 투자는 신중해라

먼저 위험자산이란 무엇일까?

위험자산은 대표적으로 변동성이 강하다거나 원금 손실 가능성이 큰 주식, 코인, 원자재 그리고 유동성이 낮은 부동산 같은 것을 들 수가 있어. 반면에 안전자산은 금이나 국채, 예금, 현금 등을 말하는 거겠지.

이 중에서 특히 너희는 변동성과 위험성이 큰 주식이나 코인에 대해 투자하려 할 때는 아주 신중했으면 좋겠어. 그 이유를 지금부터 몇 가지만 말해볼게.

먼저 주식을 예로 들어볼까?

물론 주식시장은 기업의 자본 조달 창구이자 경제의 바로미터이다 보니 국제정세나 사회 등 세상 돌아가는 것을 잘 알 수 있게 되는 장점은 분명히 있어.

그러나 단기간에 큰 수익을 보기 위해 달려든 사람들이 대부분인지라 어찌 보면 인간의 탐욕이 농축된 시장이기도 하지. 금융 지식과 전문지식으로 무장되어 있는 사람들조차 쉽사리 만족할 만한 수익을 보기 힘든 곳인데 일천한 금융 지식과 비대칭적인 정보를 가지고 있는 사람들이 과연 승자가 쉽게 될 수가 있을까?

물론 너희가 시장을 이길 정도로 능력이나 재주가 탁월하여 어쩌다 큰 수익을 볼 경우도 있겠지. 하지만 그것은 엄밀한 의미에서 보면 실력보다는 운이 좋아서라는 표현이 맞을 거야. 우연히 한두 번 이익 보았다고 자신을 과신하거나, 손실을 만회하겠다고 끝없이 달려드는 탐욕의 시장, 그게 바로 주식시장이야.

한번 발을 들여놓으면 벗어나기가 참 힘들어. 더군다나 오랜 시간 동안 아끼고, 안 먹고 안 놀고 해서 모아놓은 귀중한 돈으로 위험자산에 손을 대는 순간, 몇 년 동안 모았던 것을 단 몇 초 만에 날린 사람도 부지기수로 많다는 점을 꼭 명심했으면 좋겠어.

아빠의 진심이 너에게 닿기를

나 역시 지점장으로 아주 오랫동안 근무했었는데 채권 등 다른 금융 상품이나 공모주 청약이 아닌, 직접 주식을 한 사람들을 보면 이익을 보고 떠난 사람은 극소수였고 대부분 손실만 보고 떠난 사람들이 많았던 것 같아. 참으로 유감스러운 일이지.

심지어는 이런 안타까운 일도 있었어. 한번 들어볼래? 이건 너무도 특별한 경우라 지금껏 잊혀지지 않아.

최초 5억 원을 투자한 K라는 고객이 있었어. 그 고객은 처음부터 신용을 풀로 썼는데 온 우주의 기운이 모였는지 6개월 만에 무려 65억 원이 되었어. 정말 깜짝 놀랄만한 일이지. 주식으로 1년도 안 되어 원금의 1,200% 이상을 만들었으니.

그래서 고객을 면담하고, 위험하니까 50억 원은 채권 등 안전자산으로 이동해 놓고 15억 원만 가지고 주식을 하시면 어떻겠냐고 권유를 드렸지. 그런데 말씀을 안 들으시더라고. 한두 달만 더 있으면 100억 원을 만들 테니 그때 꼭 그리하자고 하시면서.

어떻게 되었을까. 며칠 후부터 시장이 하락하더니 급기야 리먼 브라더스 사태가 터지고 시장이 급락하기 시작하는데 정말 정신 없더구나. 믿어지지 않겠지만 1년 후 이분이 찾아간 금액이 얼마일까.

놀라지 마. 딱 600만 원. 65억 원이 600만 원이 되는데 딱 1년. 믿어지지 않겠지만 실화야. 이때 가슴이 얼마나 미어지던지. 과연 600만 원을 찾아갈 때의 이분 심정은 어떠했을까. 상상이 되니?

정말 이건 지금까지 나도 결코 잊을 수 없는 특수한 사례이긴 하지만, 이런 위험성이 항상 도사리고 있는 곳이 바로 주식시장이라고 보면 돼.

그리고 정작 안 했으면 하는 가장 중요한 이유가 따로 있어. 그건 바로, 너희의 일상이 흐트러질 수 있다는 점이야.

주식이 제로섬 게임이라면 50%의 확률로 이익을 볼 수 있겠지만 사실 주식은 제로섬 게임이 아니거든. 게다가 국내외 수많은 외생변수와 선택한 종목의 내재 변수에 대한 위험 요소가 셀 수도 없이 많아서 순발력 있게 대처하지 않으면 이익을 볼 확률보다는 손해를 볼 확률이 훨씬 더 많을 수밖에 없어.

주식이든 코인이든 하루에도 수없이 빨갛게 파랗게 오르내리니 종일 확인하게 되고 길을 가다가도, 심지어는 밥을 먹다가도 시세판을 들여다보게 되지. 쉴 새 없이 오르내리는 걸 보게 되면 감정도 수없이 동요되고. 무슨 일을 하든 간에 평정심을 잃어서 본업조차 집중이 안 되는 경우가 참으로 많아질 거야.

　그러니 돈을 잃을 확률도 높고 일상까지 침해당할 확률이 높은 뻔한 일을 굳이 할 이유가 있을까? 시간 손해, 돈 손해, 심지어는 몸 손상까지 각오해야 하는 위험을 감수해 가면서까지 말이야. 물론 위험성이 큰 만큼 반대로 큰 수익을 볼 수 있는 기회의 시장인 건 분명하지. 하지만 산이 높으면 골이 깊다는 이치가 정확하게 적용되고 있는 곳이 위험자산 시장이라고 보면 돼.
　그러니 앞으로 여윳돈이 있어도 주식, 코인 등 위험자산에 대한 투자는 아주 신중하게 접근했으면 좋겠어.

　단 예외는 있겠지.
　너희가 여유가 있어서 그 정도는 없어져도 되는 돈이라면.
　주식이든 코인이든 위험자산에 대한 투자를 꼭 경험해 보고 싶다면.
　그리고 그 결과로 인하여 경제적으로나 정신적으로나 일상을 전혀 침해받을 자신이 있다면.

　참고하길 바랄게.
　선택은 자유.

24. 개인연금은 꼭 들어라

돈이야기는 가급적 하기 싫은데 또 하네. 그러나 어쩔 수 없네. 우리 인간은 정신적인 가치를 추구하기 이전에 먼저 생존해야 하고, 생활해 나가야 하는 생활인이니까.

대부분 사람이 생활인으로서 나이 들고 직장을 공식적으로 은퇴하고 난 후에 가장 후회되는 점이 무엇이라고 생각해?

아마 대부분은 건강을 제때 돌보지 못한 점과 노후를 대비해서 돈을 악착같이 모으지 못한 것이 아닐까 해. 실질적으로 금수저가 아닌 이상 대다수 직장인은 월급이 적건 많건 불문하고, 집과 교육 그리고 나름대로 각자의 위치에 맞는 생활을 하는 관계로 대부분 돈을 모아놓을 수 없는 환경에 처할 수밖

아빠의 진심이 너에게 닿기를

에 없어. 주위를 둘러보니 내 시대 직장생활을 한 은퇴자들에게 나타나는 공통적인 현상이야.

물론 우리 시대에는 대부분 외벌이라서 더욱 그렇겠지만 맞벌이가 일상화되어 있는 지금 시대에서도 어찌 보면 결과는 비슷해지지 않을까 싶어. 맞벌이를 하게 되면 아이 양육에 그만큼 돈이 더 들어갈 것은 뻔한 이치잖아. 게다가 최소한의 안전을 위해서 들게 되는 실손보험, 암보험, 자동차보험 등 기본적인 보험은 꾸준히 들어갈 것이고 각종 경조사비 또한 만만치 않겠지.

그러나 정작 그것보다 더 많이 드는 건 주변의 눈과 기대로 인해 알게 모르게 다 새어나가는 품위유지비 같은 것일 거야. 오죽하면 맞벌이를 해도 돈이 두 배로 모이는 것이 아니고 한 사람 월급은 이렇게 저렇게 다 나가는 것이라고 하겠어.

그래서 외벌이든 맞벌이든 돈을 벌 때 꾸준히 미래를 대비해 놔야 하는데 그것 중의 핵심은 난 '개인연금'이라고 봐. 지금 국민연금을 수령하고 있는 아빠도 가장 후회하는 점이 있다면 바로 개인연금을 들지 않은 거야.

젊은 시절 돈을 잘 벌 때 개인연금을 어느 정도 꾸준히 부었으면 크게 부담도 안 되었을 테고 지금의 노후 생활을 영위하는데 아무 걱정이 없었을 텐데 말이지. 사실 그때는 모든 게 자신 있다 보니 '어떻게 되겠지' 하고 개인연금을 몇 번 붓다가 중도에 해지했거든.

나 같은 경우 30년 이상 직장생활을 하다 보니 강제적으로 국민연금을 꾸준히 부어왔기에 매달 나오는 연금 자체도 나름 큰 도움이 되거든. 뉴스에서 떠들 듯이 그리 적지도 않은 금액이라 만약 개인연금까지 같이 받는다면 경제적으로나 심리적으로 아주 편안할 텐데 말이야. 아쉽기도 하고 후회도 되지만 인생이 두 번 있는 것도 아니니, 이미 버스 지나간 뒤에 손 흔드는 격이 돼버린 거지.

그래서 너희에게 꼭 이야기하고 싶은 게 있다면 기본적인 보험을 들 때 개인연금은 꼭 가입했으면 하는 거야. 사실 월급이 많고 적고를 떠나서 돈을 벌 때는 어떻게든 생활을 해나갈 수 있거든. 직장을 은퇴하는 60대가 되면 모든 수입이 딱 끊기게 돼요. 그래서 노후 대비야말로 정말 중요한데 직장인으로서 가장 확실한 방법은 의무가입인 국민연금 이외에 가능하면 개인연금을 추가로 가입해 놓는 것이 가장 좋다고 봐.

이렇게 이야기하고 보니 연금이나 보험을 선전하는 보험회

아빠의 진심이 너에게 닿기를

사 영업직원 같은데 실제 은퇴자들인 주변 친구들하고 이야기해 보니, 개인연금 가입 안 한 걸 후회하는 친구들이 정말 많더라고. 나 역시 가장 후회하는 부분이기도 하고.

가면 갈수록 노령화 사회가 지속되니 이 부분은 너희가 건강하고 행복한 노후를 위해서라도 특히 필요할 것 같다는 생각이 들어.

인생이란 게 참으로 신기해. 잠깐이면 늙어.

그냥 눈 한번 감았다가 뜬 것 같은데 어느덧 머리는 이렇게 하얗게 변해버렸고, 잠시 졸다가 깬 것 같은데 꿈 많던 그 젊은 시절은 온데간데없이 사라져 버렸으니.

아직도 생각은 젊은 날이랑 똑같은데 말이야.

25. 돈 많은 사람을 부러워할 줄 알고, 푼돈을 아껴라

돈 때문에 웃고, 돈 때문에 우는 인생.

아무튼 돈이 많은 사람이나 없는 사람이나, 아니 이 글을 쓰고 있는 나나 이 글을 볼 너희나 항상 돈에 쪼들리며 사는 건 마찬가지일 거라는 생각이 들어. 어디를 가나 돈, 돈, 돈.

이쯤 되면 사람이 돈을 지배하는 것이 아니라 돈이 사람을 지배하는 세상, 즉 '사람은 이미 돈의 노예다'라는 말이 맞을지도 모르지. 이렇듯 작금의 세상은 이 말에 대해 부정할 어떤 합당한 이유를 찾기가 힘들구나.

'사람이 움직이면 다 돈'이라 했는데 지금 세상은 돈이 없으

160

면 아무것도 할 수 없을 정도로 생활이 불편해짐은 물론, 점점 더 인간으로서 대접도 받기 힘든 세상이 되어가고 있음은 부인할 수가 없지. 참으로 안타깝지만 어떡하니? 세상은 가면 갈수록 더욱더 황금만능주의로 진화해 가고 있으니까.

그럼, 돈은 대체 얼마만큼 있어야 행복한 걸까?

아흔아홉 칸 기와집에 사는 사람도 한 칸 더 가지려고 아등바등하는 게 현실이고 보면 이 말에 정답이 있을 수는 없겠지. 인간의 탐욕은 끝이 없는 거니까.

난 사실 어려서부터 부자로 살아본 적은 한 번도 없지만 단언컨대, 돈을 많이 가진 부잣집이나 돈 많은 사람을 지금껏 한 번도 부러워해 본 적이 없어. 모든 성취는 시샘과 부러움이 원동력이듯이, 부자로 살려면 돈 많은 부자를 부러워했어야 하는 건데. 어쩜 나는 부자로 살 수 있는 출발점부터가 잘못되었는지도 모르지.

내가 부러워 한 사람은 아무리 싼 옷이라도 아주 깨끗하게 빨아 입은 단정한 사람들. 모피코트 같은 값비싼 옷을 걸친 사람들보다 비록 삼베옷이라도 깨끗하게 입은 사람들이 참으로 보기 좋았으니까.

그런데 그게 어릴 때부터 그랬어. 또한 나 때는 결혼 전에도 월급을 받으면 부모님이랑 생활을 해야 하니까 월급을 타면 그냥 생활비로 써야 한다는 생각이었지 돈을 모아서 무엇을 해야겠다는 생각을 특별히 못 했어. 요즘의 시각으로 봤을 때는 참으로 한심하기 그지없었지. 하지만 그 당시나 은퇴한 지금이나 그 생각이 여전한 걸 보면 어쩔 수 없는 천성이라는 생각이 들어.

아무튼 나는 지금도 돈이란 그냥 생활을 편리하게 영위하기 위한 수단, 그 이상도 이하도 아니라고 생각하는 건 분명해. 사람의 삶 역시 머리 누일 곳 있고 죽을 때까지 굶어 죽지 않을 정도면 충분히 행복한 삶을 누릴 수 있다고 지금도 믿고 있으니 이게 무슨 조선시대 선비 같은 소리냐 하겠지.

간혹가다 누군가 '어디에 사네, 아파트 몇 평에 사네' 자랑스레 이야기한다든가 부러워하는 것을 보면 아직도 도저히 이해가 안 되는 점은 마찬가지야.

'그런 게 대체 뭐라고. 사람이 비싸야지.'

걸치는 게 비싸도, 타고 다니는 차가 좋아도 사람이 싸 보이면 말짱 도루묵이라는 생각이 아직도 늘 머릿속을 지배하고 있곤 하지.

아빠의 진심이 너에게 닿기를

그러다 보니 돈 벌면 그냥 모을 생각보다는 생활의 큰 불편함 없이 그냥저냥 잘 쓰고 살아왔던 것 같아. 사실 돈 모으는 것에 대해서는 너희들이 나보다 훨씬 더 잘 아는 것 같기도 해서 크게 할 이야기는 없다만.

하지만 나처럼 살면 돈은 크게 모을 수 없으니 돈을 모으고 부자가 되고 싶거들랑 나 같은 전철은 절대 밟지 말고 아빠 반대로 하는 게 좋을 것 같아서 두 가지만 잘 챙겨보기를 바랄게.

먼저 부자들을 대하는 마음가짐인데, 그들을 굳이 존경까지 야 할 필요야 없지만 일단 부자가 되려면 그들을 존중하고 부러워하는 마음이 선행되어야 한다고 봐. 타인을 착취하거나 불법 혹은 부정적으로 부자가 된 사람들도 세상엔 차고도 넘치니 굶어 죽을지언정 그런 사람들은 절대 부러워해선 안 되는 거는 잘 알지?

그러다 보면 부자들이 돈을 어떻게 모으는지 유심히 관찰할 테고, 긍정적인 시각 속에서 시샘과 부러움을 가지고 그들을 따라 하다 보면, 시간이 흐른 다음에는 어느덧 너희도 그 자리에 있는 자신을 발견할 수 있을 거야.

나 같은 경우 대기업 생활 30여 년 했으면 나름대로 여유가 있어야 하는데 그렇지 못했던 것도 아까도 이야기했지만, 이러한 마음가짐에 결정적 하자가 있었던 것 같아. '생일날 잘 먹으려고 일년내내 굶지 않는다'가 내 신조였으니 돈을 모으기 위한 근본 마음가짐부터가 잘못되었던 거지. 하긴 그 덕에 부모님 끝까지 잘 모시고 지금까지 나름 잘 먹고 잘살아왔다고 생각도 되지만, 돈 관련 부분에 있어서는 60이 넘은 지금, 아주 후회로 남는 부분이기도 하지.

그래도 내가 돈을 못 벌고 일찍 죽기라도 하면 자식들 대학 등록금은 누가 대나 하는 걱정에 종신보험 처음 나오자마자 바로 들어 놓은 것을 보면 가장으로서 일말의 책임감은 있었지 않았나 싶어. 그나마 다행이라고나 할까. 요즘 젊은이들은 이런 걸 정신 승리라고 하더구나.

그리고 두 번째는 큰돈보다 푼돈을 아낄 줄 알아야 했어.
난 이 부분에서도 빵점이라고 보면 돼. 절약하고 검소하게 생활할 생각은 전혀 안 하고 뭐 필요하다면 일단 쓰고 보았으니까. 결국은 티끌 모아 태산인데 월급을 아무리 많이 받아봤자 그런 자세를 가진 사람에게 돈이 모인다는 건 불가능에 가까운 거겠지. 당연한 이치이기도 하고.

아빠의 진심이 너에게 닿기를

지금 나이 들어 주위를 돌아보니 대부분 돈 걱정 덜 하고 나름 여유가 있는 사람들 보니 젊었을 때부터 검소함과 절약 그리고 푼돈 아끼는 것이 생활화된 사람들이더구나. 이 부문은 너희들이 부자로 살고자 한다면 꼭 기억하고 실천해야 할 생활 태도라 생각해.

내 월급의 반 정도 받은 사람들도 티끌 모아 현재 부자로 사는 사람들을 보니, 옛날부터 월급이 적고 많고는 크게 문제가 안 된다는 사실은 확실히 맞는 것 같아. 그들은 대개 불요불급하지 않으면 돈을 쓰지 않는 생활이 몸에 뱄고, 아주 작은 것을 아끼는 습관이 체질화되었던 사람들이야.

나이 들어보니 돈이라는 건 정말로 중요해. 시간이 갈수록 더욱더. 오죽하면 벌써 너희들에게 돈에 대해서 세 번째 쓰고 있겠니.

사실 고백하자면 나 역시 돈이 들어오게 해달라고 마음속으로 늘 기도하던 게 항상 두 가지는 있었어. 돈을 그렇게 못 볼 것처럼 아주 경원시만 했던 것은 분명히 아니란 소리지.

그것은 다름 아닌, 가족이 생활하는 데 필요한 최소한의 돈은 늘 있게 해달라고 기도했어. 사람의 욕심이란 본디 끝이 없는 것이기에 아주 기본적인 의식주만 해결할 수 있는 딱 궁핍하지 않을 그 정도로만.

또 한 가지가 있다면 내가 무엇을 돌보는 일을 하고 있는데, 그것도 몸뿐 아니라 제법 돈이나 시간이 소요되는 일이기에 내가 근력이 남아 있을 때까지는 적어도 '돈이 없어 중단하게는 해주지는 마세요' 하는 바람이 있었지.

그런 기도 덕인지 잘 모르겠지만 아직은 그런대로 처음 맘 먹었을 당시의 맘 변치 않고 그 일을 계속할 수 있으니 이 또한 얼마나 고마운 일인지 모르겠구나.

아무튼 너희는 나랑 가치관이나 인생관도 다를 테고 또한 추구하는 바도 역시 다르겠지. 하지만 최소한 돈 때문에 너희가 소망하는 어떤 것을 하지 못한다는 건 정말로 슬픈 일이니, 돈에 관해서는 아빠를 절대 닮지 말라고 조언하니 꼭 좀 새겨들었으면 좋겠구나. 그러기 위해선 오늘 아빠가 이야기한 두 가지를 잘 실천해 보자고.

돈 많은 사람을 부러워할 줄 알아야 하고,
푼돈을 아낄 줄 알아야 한다는 그 두 가지.

아빠의 진심이 너에게 닿기를

아직도 나는 '돈 나고 사람 낳냐. 사람 나고 돈 낳지' 하고 싶지만 참으로 돈이 없으면 너무너무 불편한 게 많아. 돈이야말로 우리 삶에 있어서 정말 중요한 것이니 너희는 이왕 한 번 사는 인생 꼭 부자로 살아가는 길을 택했으면 싶어.

단, 수전노처럼 돈을 섬기는 노예는 되지 말고 돈을 쓸 때 쓸 줄 아는 그런 멋진 부자로 말이야.

Part 4

일상생활의 지혜

26. 인사는 모두를 기분 좋게 만드는 가장 쉽고 확실한 투자다

단 몇 초간이라도 웃으면서 인사를 건네는 것만큼 사람 마음을 녹이고 가볍게 하는 것이 또 있을까. 사람들은 흔히 말하지. 내 돈 하나도 안 들이면서 가장 큰 효과를 보는 게 바로 인사 잘하는 거라고.

'웃는 낯에 침 못 뱉는다'라는 속담이 있지? 그만큼 인사하는 마음에는 기본적으로 상대방에 대한 배려와 존중의 마음이 깔려있으니 당연한 말일 거야. 그런데 이걸 모르는 사람도 없고, 돈이 드는 것도 아니고 힘든 것도 아닌데, 왜 사람들은 이 간단한 것을 지키기 힘든 걸까?

특히 일터에서 많은 사람과 더불어 생활해야 하는 직장인들에게는 능력 못지않게 인사 잘하는 게 아주 중요한 덕목일 텐데 말이지. 더군다나 윗사람이나 아랫사람이나 누군가가 인사를 해주면 기분이 좋으면 좋아졌지, 나빠질 이유 또한 전혀 없잖아.

혹시 우리 사회가 이렇게 인사를 자연스럽게 나누는 데 인색한 이유가 어쩌면 전반적인 사회 분위기 때문은 아닐까?

길을 걷다 보면 수많은 사람이 종종거리며 무언가에 쫓기듯이 바쁘게들 걸어가고 있어. 그런데 희한한 게 그들의 얼굴을 보면 하나같이 화난 표정이거나 누구라도 다가오면 잔뜩 공격하려는 모습으로 느껴지는 경우가 참 많아. 그러다 보니 선뜻 인사를 건넨다거나 말을 걸다가는 무슨 큰 봉변을 당할 것 같은 느낌에 짐짓 한 발짝 뒤로 물러나게 되곤 하지.

또 자세히 봐봐. 그건 길을 오고 가는 사람들뿐 아니지. 버스정류장에서 버스를 기다리는 사람이나 지하철 역사에서 다음 차가 오기를 기다리는 사람들 모습 역시 대개는 타인을 마치 사주 경계하듯이 흘낏 보며 자신을 보호하고 있는 듯이 보여. 군상 속의 그런 사람들 역시 너희를 볼 때 그렇게 같은 이미지로 볼 것 같다고 생각하면 혹시 소름 끼치지 않니?

172

심지어 공원에서 잘 모르는 할머니 할아버지가 "아이고 아이가 참 이쁘다" 하고 다가와서 만지려고 하면 아이 엄마가 다가와서 아이를 데리고 다른 곳으로 가는 경우도 가끔은 볼 수 있는 광경이기도 하고. 물론 남의 귀한 아이를 만지려는 행동은 잘못된 것이지.

전반적으로 사회 분위기가 이렇다 보니 외국처럼 길을 가다 모르는 사람에게 "하이" "헬로우!" "굿모닝" 하고 인사한다면 미친 사람 취급받기 딱 좋은 사회가 현재 대한민국의 우울한 자화상이 아닐까 싶어.

도대체 어디서부터 잘못된 걸까.

얼마나 사람들을 서로 믿지 못하게 만들어 놓았으면 한국인들의 익숙한 거리 풍경을 이토록 살벌하고 메마르게 만들어 놓은 걸까?

혹시 유난히 외침을 많이 받은 나라인지라 선대로부터 축적된 경계와 방어 본능이 오랜 기간을 거쳐 시나브로 국민성으로 자리 잡게 된 걸까? 그렇다면 너무나 슬픈 일이지. 지금은 외국에서 한국을 선진국이라 부러워하는 나라가 되었는데도 불구하고 그렇다면.

그럼, 모두 죽기 살기로 시간에 쫓기듯이 바빠서 그런 걸까? 근데 자세히 보면 막상 그렇지도 않단 말이지. 그래서 난 이러한 위축되고 살벌한 분위기를 만드는 데 가장 큰 원인을 나름 다음 세 가지로 보고 있어.

첫째, 뉴스나 각종 언론 미디어 업체에서 쏟아져 나오는 수많은 사건 사고 위주의 보도 행태가 가장 문제라는 생각이야. 오죽하면 뉴스만 잘 보고 있어도 범죄를 어떤 식으로 하는 건지 훤하게 알 수 있는 정도니까. 반면에 미담이나 선행 그리고 선한 영향력을 갖게 하는 프로그램보다는 재미와 충격 그런 거에 치중하는 방송 프로그램들이 선한 사회의 공기로서 제 역할을 못 하고 있다는 게 아주 크지.

둘째는 타인을 의로움이나 선한 마음으로 돕다가 덤터기를 쓰게 되는 각종 판결도 악영향을 미치는 이유가 되는 것 같아. 다른 사람을 챙기거나 배려하려다가는 오히려 남의 일에 참견하는 것이 되어 벌을 받게 되니, 옆에서 누가 죽든 말든 아무도 타인의 일에 관여치 않으려 하고 나 하나 몸조심하자는 이기적인 환경조성이 자연스레 되겠지.

셋째는 언제부터인지는 모르겠는데 타인에 대한 배려나 헌신보다는 나만 소중하고 나만이 중요하다고 가르치는 극단적인 이기주의를 부추기는 교육제도 역시 당당하게 한몫을 하고 있다고 생각해.

이런 이유로 인해 우리 사회가 서로 모르는 사이에서도 자연스럽게 인사를 나눌 정도의 열린사회를 만드는 데 악영향을 미친다고 생각하니 지적을 안 할 수가 없는 문제지. 그러나 방송이나 법, 교육 등 관련 직무에서 일하는 사람들이 우선 소명의식을 가지고 밝은 사회와 열린사회의 분위기를 만드는 데 앞장서야 할 문제라고 생각하면 기운이 빠질 수밖에 없지만 어쩌겠어.

평범한 아버지로서 할 수 있는 한도 내에서 '인사를 잘하며 다니자' 하고 너희에게라도 이야기하는 것이 그나마 조금은 더 따스하고 열린사회를 만드는 데 도움이 될 테니 이런 당부라도 하는 것이지.

사실 너희가 지금 다니고 있는 직장에서도 서로 말은 안 해도 인사 잘하는 사람과 안 하는 사람이 틀림없이 구분되어 있을 거야. 진심으로 한 명 한 명 눈 마주치면서 인사하는 사람도 있고, 반면에 슬쩍 자리 앉는 사람들도 있을 것이고 말이야. 하긴 일하는 환경에 따라서 일일이 다 찾아다니면서 인사하지 않고 다중을 향해서 인사할 수밖에 없는 그런 환경도 있을 수 있으니, 누구에게나 일률적인 상황은 아니겠지.

하지만 너희는 환경이나 조직의 분위기가 어떠하든지 간에 아침에 출근할 때만이라도 사무실 들어서면서 꼭 "안녕하십니까" 혹은 "안녕하세요" 하고 환하게 인사하면서 매일의 하루를 시작하면 어떨까 싶어. 만일 안 하고 있었다면 누구 눈치 볼 필요 없이 오늘부터 당장 실천하고, 이미 하고 있다면 중단하지 말고 계속해서 잘했으면 좋겠어.

물론 어느 조직이나 뒤에서 구시렁구시렁대는 사람은 분명히 있겠지. '영혼 없이 인사를 하네' '누구한테 잘 보일 일 있냐' 등 매사에 시니컬하거나 부정적인 사람들 말이야.
그런 사람들은 전혀 신경 안 써도 돼. 눈치 보지 말고 무시해도 좋아요. 그런 사람들은 어디를 가든지 평생 그렇게 살아가는 사람들이거든. 본인은 못 하지만 남이 하면 뒷다리 잡는 걸 일용할 양식으로 삼고 자기의 에너지원으로 삼는 사람들은 어디에든 꼭 있어.

아빠의 진심이 너에게 닿기를

반면에 대부분 사람은 네가 건네는 그 인사 한마디에 기분이 저절로 좋아지고, 더 나아가서 마음가짐을 다지는 사람도 있어서 전체 분위기는 한층 좋아지고 밝아질 거야. 더군다나 그렇게 인사하는 걸 습관화하면 너희 이미지가 좋아짐은 물론 기분까지 좋아지거든. 그래서 인사를 잘한다는 건 여러모로 돈 안 들이고 효과가 가장 좋은 가장 확실한 투자가 되는 셈이지.

그렇게 거창한 것 말고도 '인사만 잘해도 굶어 죽지는 않는다'라는 옛말도 있잖아. 오늘은 이 말의 의미를 함께 되새겨보는 시간을 가져보면 어떨까.

그럼 오늘도 사무실을 나설 때, 동료들이나 위아래 사람들한테 '먼저 들어갈게요' '수고하셨어요. 내일 뵙겠습니다' 하고 기분 좋게 인사하고 퇴근할 수 있기를.

27. 미래 경쟁력은
현재 루틴에 달려 있다

우리의 일상은 대부분 다람쥐 쳇바퀴 돌듯이 그렇게 그렇게 흘러가지. 특히 학창시절이 지나고 사회인이 되면 늘 바쁜 업무 탓에 열심히 일하다가 퇴근 시간이 되면 집에 가기 바쁘고 눈뜨면 다시 회사 가기 바쁜. 늘 그렇게 반복되는 지루한 일상.

결혼을 안 했으면 가끔 친구들을 만나고 하겠지만 결혼한 경우라면 부랴부랴 집에 가서 육아를 하고 집안일을 해야 하는. 아마 이것이 너희의 일반적인 일상, 즉 루틴이라고 보면 틀림이 없지 않을까.

혹시 이 루틴에 대해서 심각하게 고민하고 이제 한 번쯤 재

아빠의 진심이 너에게 닿기를

정비해야겠다는 생각을 해본 적이 있니?

지금의 루틴이 얼마나 생산적이고 효율적이냐에 따라서 머지않아 도태될 수도 있고, 아니면 머지않은 장래에 다른 사람보다 월등한 경쟁력을 가질 수도 있다는 것쯤은 잘 알고 있을 테지. 굳이 의식하지 않더라도 누구나 몸에 배어 있는 자기만의 낙숫물 같은 루틴이 지속되면 그게 모여 도랑물이 될 테고 그것이 다시 냇물과 강물이 되어 흐르다가 결국은 바다가 되는 것일 테니까. 적소성대(積小成大)라고 작은 것이 쌓여서 큰 것이 이루어진다는 말이 딱 여기에 맞는 말이겠지.

우리 때는 루틴이란 말이 특별히 유행도 안 되었지만, 지금 생각해 보니 나도 30대 중반까지는 나름 일정한 루틴이 있었던 것 같아. 외국어 실력이 없으니 출퇴근 시간에는 거의 매일 회화 테이프를 너덜너덜할 정도로 들었었고, 틈만 나면 서점에 가서 보고 싶은 책들을 골라 사 보는 것이 취미였지. 토요일엔 퇴근 후 시청 앞 지하도부터 청계천 6가까지 걸어가서 조그만 헌책방들을 순례하며 뭐 귀한 책이 없나 이 책 저 책 참 많이 들춰보았던 기억도 새롭게 떠오르네. 물론 가끔은 친구랑 버스터미널에서 만나 목적지도 정하지 않는 여행을 해보기

도 했고, 일요일이 되면 죽기 살기로 사계절 내내 테니스도 쳐
댔었지만.

또 하나 일기를 쓰곤 했었는데 컴퓨터가 나온 이후로는 너
무 편리해서 그 후로도 거의 오십이 넘도록 쭉 써왔던 것 같
아. 특별하진 않지만 이런 것들이 젊은 시절 나의 루틴이었지.

사실 그때는 회사에 다니면서도 한 우물을 판다는 목표보다
는 다양한 업무를 경험해 보고 싶은 게 나의 소원이었어. 다행
스럽게도 운이 좋았던 건지 아니면 루틴의 도움이 있었던 건
지, 그 당시 쉽사리 접하기 어려운 아주 다양한 업무들을 해볼
기회가 주어져서 얼마나 감사했는지 몰라. 그 일들을 좋아하
기도 했지만, 나름 자부심 가질 만한 일들이었기에 참 즐겁고
재미있게 일했었지. 심지어는 일 년에 거의 사분의 일을 외박
해야 하는 업무도 있었으니까.

가만히 돌이켜보니, 그 당시의 그런 경험들이 지금까지도
개인적으로 삶을 통찰하고 시야를 넓히며 살아가는 데 많은
도움이 되는 것 같아서 얼마나 감사한지 모르겠어.

지금 너희는 어떤 루틴을 가지고 있니?
물론 24시간이 모자랄 정도로 너무나 바쁘게 사는 것 같아

아빠의 진심이 너에게 닿기를

서 항상 걱정이 많은데, 이 시점에서 한 번 '매일의 루틴과 일 년간의 루틴'을 진지하게 고민하고 꼭 살펴볼 것을 당부하마.

복잡하게 생각하지 말고 너희 각자가 꿈꾸는 어떤 목표를 위해 매일 실천하고 있는 하루의 루틴, 그리고 일 년 동안 일 정하게 반복해야 하는 루틴. 딱 두 가지만.

만일 새롭게 루틴을 만들어야겠다면 그것은 미래의 확실한 경쟁력을 위한 '선한 일이고 생산적이고 효율적'이어야 한다는 점이야. 예를 들면 퇴근하자마자 친구를 만나 매일 술을 퍼마 신다든가 하면 당연히 소비적인 루틴이 만들어질 테고, 책을 본다거나 체력단련을 한다든가 봉사활동을 한다든가 하면 당 연히 생산적이고 효율적이며 선한 생활패턴의 루틴이 만들어 지는 거겠지.

'배움에도 다 때가 있다'라는 말은 너희는 아직 피부에 와닿 지 않을 거야. 사실 배우는 건 평생을 통해서 배우는 게 맞지 만 사십이 지나면서부터는 경험에서 우러나오는 지혜라든가 사물의 이치 등을 조금씩 체득하기 시작하는 나이대거든.

그러하니 적어도 삼십 대 때까지는 공자님 말씀처럼 '배우고 때로 익히면 또한 즐겁지 아니한가'를 일상 루틴의 첫 번째로 삼는 것이 가장 좋다는 생각이 들어. 적어도 꿈이 있는 젊은이라면.

 또한 루틴 만들 때 정말 중요한 점은 그냥 지나치기 쉬운 자투리 시간의 활용인 것 같아. 출퇴근 때, 점심시간, 그리고 주말에 자기 전에 하는 일 등을 정해서 매일의 루틴으로 만드는 거지. 어쩌면 이 자투리 시간의 활용에 대한 루틴이 잘 만들어지면 그건 어떤 경쟁력보다도 강력한 너희만의 무기가 될 거라 확신해.

 나 역시 60대이지만 다른 사람과 마찬가지로 지금도 아침부터 저녁까지 아주 일정한 루틴을 가지고 있어. 한번 들어볼래?
 아침에 눈뜰 때와 자기 전엔 최소 하루 두 번씩은 그냥 침대에서 항상 아빠가 자주 들어가는 인터넷 카페에서 아픈 사연들을 읽고 공감도 해주고 댓글도 달아주는 일을 하고 있어. 그리고 사무실 나가는 날을 제외하곤 아침 식후 바로 원고 등 글을 쓰는 일을 하고 점심 식사 후는 겨울이 데리고 공원 나가서 공놀이를 한참 하다 들어오곤 하지. 그리고 저녁 전까지 예전에 시간이 없어서 못 읽고 쌓아놨던 책들을 읽거나, 더 보고 싶은 책들을 이 책 저 책 다시 보기도 하고.

아빠의 진심이 너에게 닿기를

그러다가 저녁 5시가 되면 가방에 먹을 것을 둘러메고 무조건 나가. 거리가 좀 떨어진 공원 두 곳에 사는 길고양이를 돌보곤 하는데, 오가는 동안 걷기 운동을 나름 열심히 하곤 하지. 그 덕인지 몰라도 예전에 비해선 아픈 다리도 많이 좋아져서 그야말로 내게는 일거양득인 셈이지. 불쌍한 동물도 돌볼 수 있고, 운동도 되고. 들어와서 저녁 후에는 내가 텔레비전은 별로 안 좋아하니까 유일하게 보는 게 스포츠?

매일의 일과가 이렇게 시계불알처럼 일정하니 이게 몸에 너무 배서 어느 하나라도 안 하면 괜히 숙제를 안 한 것 같고 마음이 몹시 불편하여 꼭 지키려고 해. 이것이 정말 습관화된 힘을 안 들이고 하는 루틴이 주는 힘이자 효용인 것 같아.

아무튼 이번 편에는 루틴을 설명하는 과정에서 본의 아니게 참고하라고 내 이야기가 많이 들어가 있어서 미안해.

아무쪼록 한참 일 열심히 하고, 더 많이 배워야 할 20~30대의 루틴을 전반적으로 재점검하여 꼭 새로이 만들어 보고, 그것이 몸에 익숙하게 습관화될 때까지 실천을 끈질기게 해보자꾸나. 그것이 향후 특별한 노력을 들이지 않는다고 하더라도 미래에 닥칠 어려움도 아주 자연스럽게 극복할 수 있는 가장 큰 경쟁력의 원천이 될 것임은 틀림없는 사실이거든.

새로운 루틴을 만들 때는 어떻게?
다시 한번 기억하자고.

매일 자연스럽게 할 수 있을 것.
생산적이고 효율적일 것.
자투리 시간을 절대적으로 놓치지 말 것.
그리고
선한 일일 것.

아빠의 진심이 너에게 닿기를

28. 이 세상에 네 몸보다 소중한 건
아무것도 없다

예전에 어른들은 자식들이 문밖을 나설 때 항상 이렇게 말씀하시곤 했지.

"애야~ 항상 차 조심하고 물 조심해라."

아마 내 또래는 이 말을 안 듣고 자란 사람들은 아무도 없을 거야. 심지어는 90대 할머니도 60대가 되어 손주를 본 아들에게도 늘 이런 말씀들을 하시곤 했지.

그런데 이제 나이가 들고 보니, 이 말에 담긴 뜻처럼 자식이 잘못될까 봐 노심초사하시는 부모 마음이 더 잘 나타나 있는 말은 없다는 생각이 들어.

그도 그럴 것이 네 몸이 안전하지 않으면 열심히 돈 버는 일은 도대체 무슨 소용이 있는 것이며, 또 다른 어떤 일을 한다는 것 자체도 무슨 의미가 있는 걸까 생각해 보면 답이 자연스럽게 나오는 문제지.

옛날에는 어디를 가려면 한참 걷다가 물을 건너고 또 차를 타고 가야 해서 나온 이야기이겠지만, 자동차가 우리의 다리를 대신하는 지금은 새삼 더 가슴에 와닿는 말이 아닐까 싶어.

그래서 오늘은 안전을 위해 가장 먼저 조심해야 할 것으로 하루에도 수십 번씩 위험에 노출되는 자동차에 대해서 이야기해 볼까 해. 이건 너희가 운전할 때나 걷고 있을 때나 똑같이 해당이 되는 것이니 머릿속에 잘 각인시켰으면 좋겠구나.

요즘 뉴스를 보면 정말 소름 끼칠 정도로 섬뜩한 적이 한두 번이 아니야. 80대 고령 운전자가 신호를 잘못 봐서 빨간불인데도 전속력으로 달려 횡단보도를 건너는 사람들을 사망케 한 사건, 잘 알지? 어디 그뿐이냐. 정신이 온전치 않은 사람이 몬 차량이 인도로 돌진하여 사고 내는 것 역시 한두 번도 아니고.

그야말로 이쯤 되면 굴러다니는 차가 이미 인간을 위협하는 대형 흉기로 변해버렸다고 해도 과언이 아니지. 그래서 오늘은 차에 관해서 특히 유의해야 하는 점 몇 가지를 당부할게.

아빠의 진심이 너에게 닿기를

먼저 너희가 운전하고 있을 때야. 그때는 아무리 파란불이 들어왔어도 바로 출발하지 말고 반드시 늦게라도 횡단보도를 건너는 사람이 있는가 확인해야 해. 이것이 습관화되지 않으면 정말로 위험해. 마지막에 건너는 사람은 안 보이다가도 어디선가 쏜살같이 뛰쳐나와 빨간불에 뛰어 건너는 경우가 참 많거든. 너희도 아마 그런 광경 수없이 보았을 거야.

그다음은 엄마한테도 자주 이야기하는 건데 겨울철에 저녁이나 밤에 운전할 때는 특히 긴장해야 해. 겨울에는 사람들이 대부분 검은 옷을 입어서 잘 안 보이거든. 운전하다 보면 섬뜩한 적이 한두 번이 아니야. 도로에서건 주택가에서건 불문하고 말이지. 그러니 겨울철, 특히 밤에 운전할 때는 각별하게 머릿속에 각인시켰으면 좋겠어.

자살폭탄테러 같은 음주운전은 너희가 더 잘 알고 있으니 생략할게. 이 이야기 하면 당연히 "엄마랑 아빠나 조심해" 하고 도리어 몰아붙일 확률 100%니까.

다음 운전을 안 하고 너희가 보행자일 때야. 특히 건널목에서 우리가 지나치기 쉬운 점인데 혹시 알고 있니? 횡단보도에서 길을 건너기 위해 기다릴 땐 항상 좌측으로 20~30도 정도

비스듬히 서서 기다리는 게 좋아. 차가 달려오는 것은 항상 좌측이기 때문에 사람들이 건너는 파란불이 켜져도 다 늦게 꼬리를 물며 지나가는 차들을 언제든 확인할 수 있기 때문이지.

그런 차들이 의외로 많으니 정말 조심해야 돼. 그래서 파란불이 들어왔어도 바로 건너지 말고 좌우에서 차가 달려오지 않나 반드시 확인한 후에 건너가라고 어릴 때부터 교육을 받은 것이기도 하지.

한참 해외 출장을 다닐 때, 비행기를 타고 영화에서나 나올 법한 별별 위험한 경험을 다 해본 나이기에, 안전에 대한 이런 생각이 늘 머릿속을 떠나지 않고 있음은 잘 이해할 수 있으리라 믿어. 그래서 지금도 너희가 해외여행을 가거나 출장을 갈 때면 내가 꼭 하는 말 기억 나지? '첫째도 안전, 둘째도 안전, 무조건 안전'이라고. 그래서 다른 사람이 해외여행 갈 때도 난 언제나 이런 말을 해주게 되더라고.

"Have a safe trip!" 안전한 여행 되시라고.

오늘은 주로 교통수단 관련 위험성에 대해서 안전을 이야기했는데 다른 부문 역시 이와 마찬가지라고 보면 돼. 그래서 너희가 어디에 있든, 무엇을 하든 관계없이 매 순간 무엇보다도 먼저 안전에 대한 대비를 철저하게 하며 생활했으면 좋겠어.
그런 다음에야 너희가 소중하게 생각하는 모든 것들이 비로소
존재의 의미를 더하는 거겠지.

바둑에도 그런 말이 있어.

아생연후에 필타사(我生然後에 必他死)라고.

내 돌 먼저 살려놓은 다음에 상대방 돌을 잡아야 한다는 뜻
이지. 이것 역시 나 자신의 안전을 도모하는 게 가장 우선이란
소리야.

언제 어디서든 안전이 제일이지.

아무튼 자나 깨나 불조심, 운전하든 안 하든 차 조심, 몸조심.

이 세상에 네 몸보다 더 소중한 건 아무것도 없는 법이야.

29. 예술은 지친 영혼을 치유하고 맑게 해주니 늘 함께해라

살아가면서 예술처럼 우리의 지친 영혼을 치유하고 마음을 맑게 해주는 게 또 무엇이 있을까. 좋아하던 음악을 들으며 한없는 위로와 편안함을 느꼈던 순간. 아무 이유도 없는데 갑자기 눈시울이 뜨거워지며 눈물이 주르르 뺨으로 흘러나왔던 순간들. 너희도 분명히 이런 경험 있었겠지.

그 순간만은 한없는 위로가 되어서 마치 구름 위에 누워있는 것 같은 편안함을 느꼈을 거야. 이런 경험은 보통의 인간 정서를 가지고 있다면 대부분 한두 번씩은 느껴보지 않았을까 싶어.

아빠의 진심이 너에게 닿기를

음악을 예로 들었지만, 영화건 연극이건 미술이건 뮤지컬이건 어떤 장르를 불문하고 아름답고 감동적인 예술작품을 만났을 때 느끼는 감정들은 대부분 비슷할 거라고 봐.

어느 해인가 연초에 〈레미제라블〉이라는 감동적인 뮤지컬 영화를 본 적이 있었어. 그 한 해 동안에는 내게는 유난히 힘든 일이 많았었는데, 그때마다 나를 잘 버티게 해준 힘이 바로 그 영화 때문이었다고 한다면 믿을 수 있겠니?

예술의 힘이란 건 바로 이런 것이 아닐까 싶어. 현실의 아픔과 힘든 것을 잠시나마 치유해 줄 수 있는 그 놀라운 힘. 미국의 유명한 시인인 롱펠로가 그랬지.

'예술을 길고 인생은 짧다.'

한 인간의 생명은 짧지만, 그가 남긴 예술작품은 인류가 존재하는 한, 아주 오랫동안 남아서 많은 사람의 사랑을 받는다는 이야기겠지.

그래서 이야기인데 난 예술가들이야말로 정말 존경받아 마땅하다는 생각이 들어. 그들의 창작이 고통이 없었다면 이러한 감동과 즐거움, 그리고 기쁨의 감정을 온전히 다 누릴 수 있을까를 생각하면 얼마나 감사한지 몰라. 더군다나 희망과 용기를 주고 위로와 치유마저 해주는 작품을 대할 때는 더욱

더 그런 생각이 들곤 하지.

거의 40년이 다 되어가는 아주 오래전 이야기야. 결혼하기 전이니까 아마 20대 후반쯤이겠지. 어느 날 친구한테 카세트 테이프 두 개를 선물로 받은 적이 있었어. 자기가 참 좋아하는 음악인데 집에서 전축 레코드판을 틀어놓고 카세트로 어렵게 녹음을 했다고. 친구의 정성이 너무도 고마워서 그 테이프를 받자마자 들었는데, 난 무엇에 홀린 듯 바로 그 음악에 바로 빠져버렸어. 그 이후 20년 동안은 거의 매일 들었던 것 같아. 운전할 때마다 들어서 나중에는 테이프가 너덜너덜해질 정도였으니까 말이지. 그러다 보니 나중엔 원래의 곡 빠르기보다 약간 더 느려지는데 그것이 더 좋더라고. 그때 나는 '이 음악을 들으면서 죽으면 좋겠다'라는 생각도 참 여러 번 했지.

친구의 표현을 빌자면 곡의 느낌이 딱 그랬던 것 같아. '경쾌하나 너무 가볍지 않고, 고상하나 너무 어렵지 않고, 귀족적임에도 편안한.'

파가니니의 〈기타와 바이올린을 위한 소나타〉가 바로 그 음악이야. 지금도 가끔 바이올린과 기타의 절묘한 울림과 조화를 듣고 있노라면 그 친구와 함께했던 모든 추억이 하나씩 떠

아빠의 진심이 너에게 닿기를

오르곤 하지. 마치 너희가 아기였을 때 자주 데리고 가던 훼릭스 테니스장의 노란 개나리꽃과 분홍빛 진달래가 눈앞에 어른거리는 것 같기도 하고, 그 눈부신 봄날, 한양 컨트리클럽 입구에 피어있던 하얀 벚꽃 잎들이 아직도 눈앞에서 흩날리는 것 같은 착각이 들 때도 있어.

괴테가 그랬지. '예술만큼 확실하게 세상에서 도피할 수 있는 것도, 이어주는 것도 없다'라고. 꼭 그런 것 같아. 지금도 가끔 책꽂이에 있는 장욱진 화백의 도록을 꺼내 보면 한적한 시골 풍경과 고개 숙인 황금 들판, 시골집 안마당 한켠에 있던 장독대, 그리고 한겨울 앙상한 나뭇가지 위에서 울던 까치의 모습까지 함께 떠오르곤 하거든.

시대를 대변하는 대중가요나 팝송 또한 마찬가지지. 가끔 라디오에서 우연히 흘러나오는 음악은 우리를 옛날 먼 과거로 데려다주곤 하잖아. 자연스레 그 당시 아름다웠던 추억이나 슬픔이 떠오르게 되고. 이렇듯 예술이 우리에게 끼치는 힘은 그야말로 필설로 다 표현할 수 없을 정도로 위대하단 생각이 들어.

그래서 난 예술은 사기라고 했다던 백남준의 말을 전혀 신뢰할 수 없어. 그의 실제 속마음은 마치 니체가 '신은 없다'라고 부정한 것처럼, '예술은 사기가 아니다'라는 말을 더욱 강조하기 위해 그랬을 거라는 생각이 들거든.

앞으로 너희는 살아가는 동안 직접적으로 예술 활동은 하지 못할지라도 늘 가까운 친구처럼 예술과 함께 인생길을 걸어갔으면 좋겠어. 예술은 언제나 따뜻한 위로와 평안을 건네주기도 하며 너희가 어떤 세파에 휘둘려 힘이 들 때도, 맑고 아름다운 영혼을 유지할 수 있도록 힘을 주거든.

유명한 역사학자 이에치카(E.H.Carr)가 그의 저서 《역사란 무엇인가》에서 역사란 '과거와 현재와의 끊임없는 대화'라 하였지. 나는 이렇게 말하고 싶어.

'예술이야말로 진정 과거와 현재와의 끊임없는 대화'라고.

아빠의 진심이 너에게 닿기를

30. 최대 능력치의 70% 정도의
힘을 쏟으며 살아라

"매사에 100% 최선을 다해 살아가도 이 정글 같은 세상에서 겨우 버티며 살아갈 텐데 고작 70%라니. 아빠가 우리 인생을 망치려고 작정했든지 미친 것이 틀림없어." 할 수도 있겠지.

'대체 우리보고 열심히 살라는 거야? 뭐야?' 하는 그런 의문이 생기지는 않니? 당연히 너희들이 1등을 목표로, 금메달을 목표로 하는 스포츠 선수라면 이런 말을 할 수는 없겠지. 아니, 생명을 다투는 일을 하는 소방관이나 의료인, 혹은 전쟁 중인 군인 등 특정한 일을 하는 사람인데도 불구하고 '70%의 능력치를 발휘하며 살아라' 하고 이야기한다면 그야말로 난 미친 소리를 하는 거겠지. 궤변일 테고 말이야.

생명을 다루는 일을 하거나 스포츠 등 그런 일을 할 때는 매 순간 정신과 온 힘을 집중하여 100%로 최선을 다해야 한다는 건 나도 마찬가지 생각이야. 마치 100미터를 전심전력을 다해 뛰어야 하는 육상 선수처럼. 그것은 두 번 다시 올 수 없는 일생일대의 기회이거나 사람의 생명이 달려있어 당장 죽고 사는 엄중한 문제일 테니까.

하지만 오늘의 이 이야기는 너희처럼 일반적인 직장인들이나 우리의 삶처럼 죽을 때까지 지속적으로 생활을 해나가야 하는 보통의 사람들에게 해당이 되는 말이라고 생각하려무나.

자, 우리 인생을 운동으로 치면 무엇에 비유하는 것이 적당할까? 아마 다른 종목들이 많겠지만 마라톤에 비유하는 게 그중 가장 적절하지 않을까 싶어.

만일 마라톤을 뛸 때, 초반부터 100미터 선수처럼 그리 뛴다면 어떻게 될까? 아마 42.195km 근처까지 얼씬도 못 하고 초반에 다 나가떨어질 것은 명약관화한 일이 아닐까.

'우리 인생도 어쩜 이런 마라톤과 똑같지 않을까'라는 생각이 들어. 자기의 한계치를 알고 대략 30% 정도의 여유와 힘을 계속 남겨두어야 그 긴 거리를 끝까지 완주할 수 있는 것처럼. 이처럼 70%의 힘을 쏟아가며 살아야 한다는 것은 최대의 성과를 위해서 현명한 인간으로서 할 수 있는 최대의 능력치라는 생각이 들어.

돌이켜보니 나 역시 대략적으로는 '70%야말로 진정으로 인간이 최선의 노력을 다하는 한계치'라고 생각하며 나름 그렇게 살기 위해 노력해 왔던 것 같아.

아, 물론 나도 한때 어떤 직무에선 어쩔 수 없이 거의 100%의 에너지를 쓴 적이 있었어. 사람인지 기계인지 헷갈릴 정도로 매일 새벽 5시에 일어나 출근해 밤 12시가 되어서야 집으로 돌아오는 삶. 다른 장에서도 이야기했지만 자기 건강이 망가지고 있는데 도대체 일이란 게 무슨 의미가 있는 거며, 자신이 온전히 존재할 수 없다면 그것이 설령 남들이 부러워하는 자리인들 어떤 의미가 있는 건지.

지금 주변의 은퇴한 친구들이나 중장년을 둘러봐도 그래. 100%가 아닌 70% 정도의 힘을 쏟고 살아온 사람들이 그나마 지치지 않고 오래도록 일을 즐기며 정신적으로 훨씬 여유 있는 삶을 살더라고.

어떤 하나의 목적을 향해 불꽃처럼 맹렬히 타오르다가 순식간에 꺼져버리는 불꽃 같은 삶과 밤새도록 방을 따스하게 덥

히다 아침이 되면 하얀 재로 남는 화롯불 같은 삶이 있다면 어떤 것을 선택하고 싶어?

사람마다 생각이 다르겠지만, 굳이 두 개 중의 하나를 꼭 선택해야 하는 삶이라면 난 주저 없이 후자를 택할 거야. 그래야 자신도 오래 타고 주위도 오래도록 온기를 나눠줄 수 있거든. 이런 화롯불 같은 삶이야말로 우리 인생길과 훨씬 더 가깝기도 하거니와, 인간이 더 행복하게 살아갈 수 있는 아주 좋은 지혜라는 생각이 들어.

간단하게 예를 하나 더 들어볼게.

회사에서는 통상 과업을 지속적으로 수행하기 마련이지. 그런데 그 과업마다 매번 초반부터 밤을 새울 정도로 몰입해서 업무를 수행한다면 어떻게 될까? 얼마 지나지 않아 정신적으로나 체력적으로 금방 지쳐 버릴 거는 뻔한 이치잖아. 그럼 당연히 소진이 빨리 와서 앞으로의 일들을 정상적으로 지속해 나갈 수가 없겠지. 요즘 '번 아웃'이 많이 된다고 하는 건 대개 이런 이유일 확률이 높아.

그런 것을 방지하기 위해서라도 이 70% 정도로 노력을 기울이며 살아가야 하는 것은 참으로 중요하겠지. 어찌 보면 그것이 평범한 사람들로서 가장 최선을 다하는 삶이 될 수 있겠고, 꾸

아빠의 진심이 너에게 닿기를

준히 학습하고 추구해야 할 진정한 삶의 자세라는 생각이 들어.

70%의 힘을 다해서 달리려면 누구든지 애초부터 게으름을 피우거나 나태한 생각이란 눈곱만치 할 수조차 없을 거야. 또한 한눈팔지 않고 열심히 살아갈 수밖에 없으니 그야말로 꿩먹고 알 먹고인 셈이 되는 거지.

그런데 과연 이 70%의 능력을 발휘하며 살아가고 싶어도 아무나 다 마음먹는다고 가능한 일일까? 그렇다면 우리네 삶이 얼마나 쉽겠어. 그게 누구나 가능한 일이 아니니까 어느 정도는 선행조건이 필요하다는 점이 문제겠지. 가장 중요한 것은 어떤 일이나 과제가 너희에게 주어져도 타인에 비해 잘 해결해 낼 수 있는 능력을 보유하고 있어야 할 거야.

그럼, 평소에 어떻게 해야겠니. 아마도 허투루 쓰는 시간 없이 나름 직무 능력 향상이나 자기 계발을 위해 부단한 노력을 기울여야 하겠지.

직업이 영어로 뭐라 하지? 'Profession'이라고도 하지? 스포츠에서도 프로라고 하는 그 'Professional' 그거 역시 어원이 이 직업에서 나온 말일 거야. 그렇게 운동하면서 자기의 실력에 대해 합당한 금액을 받는 그런 프로선수들처럼, 너희도

70%의 능력을 발휘하고 살아도 월급 값을 톡톡히 해낼 수 있는 그런 멋진 직장인이 되는 게 아빠의 변함없는 소망이란 걸 늘 기억했으면 좋겠어. 지치지 않고 아주 오래도록 성과를 유지할 수 있는 능력을 가지고 있으면서, 자기 관리까지 뛰어난 그런 멋진 프로 직업인 말이야.

지금까지 직장에서의 일을 예로 들었지만, 이 '70%론'의 이야기는 우리 삶의 다른 영역에서도 잘 찾아보면 적용할 부문이 많을 것이니 잘 찾아서 활용했으면 좋겠어.

자, 이제 아빠가 이야기하는 70%의 의미를 충분히 이해할 수 있을 거라 믿어. 그리고 보니 오늘은 일요일이네. 나 역시 쉬지 않고 이 글 쓰느라고 70% 이상 에너지를 쓰면 내일 또 편하게 좋은 글이 안 나오고 힘들어질 테니 오늘 글은 끝내고 이만 좀 쉴게.

인생은 마라톤처럼.

이제 농구 중계나 봐야겠어. 오늘 너희에게 해줄 말은 여기서 그만.

100%의 삶이 아닌, 70%의 삶으로 달리기 이야기도 여기서 끝.

아빠의 진심이 너에게 닿기를

31. 적당한 스트레스는
오히려 고마운 존재이다

　직장생활 하느라 정말 스트레스가 많지?

　직장생활이란 것이 따지고 보면 내 회사가 아닌 남의 회사에 다니는 건데 스트레스가 없다면 거짓말이겠지. 회사의 주인이라 해도 온갖 걱정과 불안 덕에 매일 스트레스를 달고 산다는데 종업원인 입장에서야 오죽하겠니.

　그런데 만일 너희가 받는 스트레스가 간헐적으로 오는 충분히 견딜만한 스트레스라면 어떨까. 그래서 이야기인데, 그 정도의 스트레스라면 굳이 완전히 없애려 하지 말고 적당히 껴안고 사는 것도 건강한 삶의 지혜라는 생각이 드는구나.

　그건 오히려 냉정한 현실 인식을 깨우치게 해서 너희의 성장과 발전에 도움이 될 수 있는 좋은 자극제가 될 수도 있다는 생각이야. 마치 필요악처럼 말이야. '피할 수 없으면 즐겨라'라는 말은 이럴 때 쓰는 말이겠지.

문제는 그런 스트레스라도 너희가 힘이 들고 충분히 견딜 수 없을 때야. 그렇다면 그런 가벼운 스트레스가 이미 지속되고 쌓여 어느 정도 임계점에 이르렀다는 소리거든. 그때는 적극적으로 스트레스를 해소해야겠지. 몸과 마음이 더 이상 병들기 전에 말이야.

그럴 땐 어떻게 하는 게 좋을까? 이건 지난번에도 화나 분노, 우울을 치유할 때도 좋은 방법이라 이야기 한 적이 있는데 스트레스 치유에도 역시 너무 좋은 방법이라 다시 한 번 소개할게.

일단 그럴 땐 무조건 걷는 게 좋아. 걸으면 몸도 머리도 한결 가벼워지는 걸 느낄 수 있어. 흔히들 걷는 게 만병통치약이라고들 하잖아. 더군다나 어느 정도 한참 걷다 보면 서서히 눈에 꽃도 보이고 하늘도 보이고 사람들의 표정도 보이기 시작할 거야. 동시에 너희가 생각하는 스트레스의 근원이 어쩌면 '대수롭지 않은 아무것도 아니었구나' 하고 느낄 때가 있어.

아빠의 진심이 너에게 닿기를

게다가 그런 순간적인 감정보다 더 좋은 점은 의외로 스트레스의 근원이 말끔히 치유될 때도 많다는 거지. 나는 걸으면서 그런 경험을 수도 없이 많이 해봤어. 해결책이 떠오르지 않아서 꽁꽁 막혀 있던 업무가 걸으면서 생각을 해보니, 아주 가볍게 풀리고 정리도 말끔하게 되었던 신기한 경험들 말이야.

그렇듯 걷는다는 것은 육체를 움직여서 스트레스를 잊기 위한 단순한 행동 이상의 무엇인가가 있는 게 틀림없다는 이야기지. 그래서 나는 그런 무수한 경험들로 인해서 스트레스 해소를 위한 가장 큰 해결책으로 무조건 걷는 것을 추천하곤 해. 좋아하는 취미생활이나 술을 마신다거나 친구를 만나 수다를 떠는 것도 물론 스트레스 해소에 어느 정도 도움이 되는 것은 사실이나 그건 그때뿐이더라고. 그 시간 동안 잠시 잊는 것이라고나 할까.

그다음 아이가 있는 경우라면 다른 그 무엇보다도 아이 얼굴을 떠올리는 거지. 세상의 모든 부모는 아이를 위해서는 없던 힘도 생기고 태산도 옮길 수 있는 초인적인 힘마저 발휘되곤 하니까. 그러면 스트레스라고 생각했던 부분들이 아이 얼굴을 떠올리는 순간, 의외로 스트레스라고 느껴지지 않을 때가 많아.

아마 이건 모든 부모라면 다 경험하는 부분일걸. '우리 아이를 위해서라면 이런 어려움쯤이야 아무것도 아니고 이 한 몸 바쳐 능히 극복할 수 있다'라는 일종의 헌신과 희생의 마음이 생기는 거지.

또 한 가지 방법은 반려동물과 함께하는 걸 추천해. 그들은 어떤 상황에서도 변치 않고 늘 내 마음을 알아주고 공감해 주고 나를 절대적으로 지지해 주는 존재야. 직장 상사에게 야단맞고 풀이 죽어서 귀가할 때 문 열자마자 꼬리를 흔들며 나를 반가워해 주는 모습을 볼 때, 때로는 사는 게 너무 지치고 힘이 들고 스트레스가 너무 심해서 눈물을 펑펑 흘리고 싶을 때, '내가 주인님 맘 다 알아요, 난 언제나 주인님 편이에요'하고 말하는 것 같은 눈망울을 볼 때는 순간 모든 힘든 일과 스트레스가 한 번에 녹아버리곤 하지.

사람은 본디 누군가에게 인정받고 싶은 게 본능인데, 자신이 인정받지 못한다고 느낄 때 스트레스의 도가 아주 심하거든. 그럴 때도 늘 변치 않고 나를 인정해 주고 마음을 알아주는 친구가 함께 있다면 얼마나 큰 위로가 될까? 그들은 늘 그

204

런 친구 같은 존재지. 너희들의 스트레스를 가볍게 날려주고 나의 아픔까지 안아주고 보듬어줄 수 있는 언제나 변치 않는 존재.

가만히 생각해 보면 스트레스 해소 방법이라는 게 사실 그리 돈이 많이 든다거나 거창한 건 아냐. 그러니 스트레스를 해소하기 위해서라면 돈 많이 들이지 말고 추천해 준 방법을 속는 셈 치고 잘 실천해 봐. 의외로 스트레스 해소가 아주 쉽게 될 거야.

그럼에도 불구하고, 적당한 스트레스는 너희의 삶을 잔잔하게 긴장시키고 현재 몸을 담고 있는 가정과 사회의 건강한 성장과 발전에도 큰 도움이 되니, 적당히 껴안고 타협하며 스트레스와 사이좋게 잘 지내길 바랄게.

안녕.
오늘도 일 잘 마치고 퇴근하길.

32. 음식점에서 맛없어도
절대 표시 내지 마라

세상이 가면 갈수록 외식문화가 발전하다 보니 집에서 음식을 해 먹는 경우가 점점 줄어드는 시대가 되었어. 그러다 보니 음식점은 자꾸 늘어나게 되고 맛있는 집과 맛없는 집의 편차 또한 점점 더 커지게 되었지.

혹시 어떤 음식점을 갔는데, 음식이 간도 안 맞을뿐더러 맛도 형편없던 집을 방문한 경우가 종종 있었지 않니? 그럴 때 어떻게 했어?

창피한 이야기이지만 나는 입속으로 투덜댄 경험이 있거든. 물론 소심하게 음식점 주인 눈치 보며 잘 안 들릴 정도로 말이

아빠의 진심이 너에게 닿기를

야. 근데 약간 창피했어.

너희가 앞으로 운 나쁘게 그런 음식점에 간다면 나처럼 속으로도 투덜대지도 말고, 절대로 주인에게 아무 말도 하지 말고 그냥 나오렴.

가끔은 손님은 왕이라는 신념에 투철한 사람들은 마치 나라를 구하는 것처럼 대놓고 따지는 경우도 왕왕 있는데 굳이 그럴 필요가 있을까 싶어. 가만히 생각해 보면 괜히 돈 내면서 주인을 기분 나쁘게 할 필요가 없어. 더군다나 음식 맛을 지적하는 것이 앞으로 주인이 장사를 잘할 수 있도록 도와주는 좋은 일이라고 마음대로 상상하며 자위할 필요도 없고.

아무리 너희 뜻이 진실했어도 지적을 한다는 건 갑질이자 우월감의 표현일 수 있으니 참으로 신중해야 할 문제야. 음식점 주인도 대부분은 지적받았다고 기분만 나쁘지, 그것을 마음속까지 긍정적으로 받아들여서 고치는 이는 드물고 오히려 네 입맛을 탓하는 경우가 많을 거야.

음식점에 가보면 같은 손님 입장으로 볼 때 가장 꼴불견인 사람들이 어떤 사람들인 줄 알지? 음식을 먹으면서 투덜대는 사람들, 그리고 계산할 때 맛없다고 무례하고 기분 나쁘게 한마디 확 내뱉고 나가는 사람들이야.

사실 나도 집에서 가끔 실수하는 부분인데, 집에서 식사할 때 대부분은 "아~ 맛있다. 진짜 잘 먹었네" 하지만 어쩌다 맛이 없으면 "이거 왜 이래~" 하는 경우가 종종 있어. 그래서 몇십 년 전 할아버지가 살아 계실 때 꾸중을 들었던 적도 있었지. "너는 맛 없으면 굳이 표현하지 말고 안 먹으면 되지. 왜 말을 해서 애 엄마를 기분 나쁘게 하느냐"고. 엄마가 그때 얼마나 못이 박혔으면 지금까지도 이 이야기를 하겠니.

가족 간에도 이렇게 생각할 수 있는데 피 하나 안 섞인 남들이 손님이랍시고 맛없다고 하면 음식점 주인은 얼마나 불쾌하고 기운이 빠질까? 너희가 맛이 없다고 음식점 주인에게 표현하는 순간, 대부분은 지적해 주어서 고맙다는 감사함을 표현하기는커녕, 십중팔구는 네 등 뒤에다 대고 다음과 같이 말할 거야.

"맛없으면 안 오면 되지, 뭔 잔말이 많아!!"

사실 따지고 보면 음식의 맛은 가게 주인이 철저하게 알아서 할 문제지. 음식 맛 때문에 손님이 있고 없고는 결코 너희가 오지랖 넓게 관여할 문제는 아니란 소리지. 그럴 땐 그냥 그런 집을 잘못 찾아간 자신을 탓하는 것만이 너희가 유일하게 해야 할 일인 것 같아.

그러니 맛이 형편없는 음식점을 방문했거든 이것저것 따지지도 묻지도 말고 절대 아무 말도 하지 말고 그냥 조용히 나오렴. 대신에 그 집은 절대 다시 가면 안 되지.

세상은 넓고 음식점은 많으니까.
더군다나 맛있는 곳도 많고 갈 곳도 많으니까.

33. 희망만이 살길이다

올해도 시작이 엊그제 같은데 벌써 12월이라니. 시간이 이 토록 빠르게 지나가는 것이라는 걸 이제는 너희도 조금씩 실 감하리라 짐작이 되네.

우스갯소리로 시간은 20대 때는 시속 20km, 30대에는 30km, 그리고 60대에는 시속 60km로 달리는 속도와 같다고 하는데, 시속 30km면 조금이나마 속도를 느낄 수 있는 나이 대라 충분히 일리 있는 소리로 들릴 거야.

새해가 시작될 때는 너희도 분명 부푼 꿈과 희망을 안고서 어떤 각자만의 목표를 가지고 있었겠지. 하지만 한 해의 마지 막 달에 돌아보는 이즈음, 올 한해 각자의 인생 손익계산서를 바라보고 있노라면 어떤 기분이 드니?

좋았던 부분도 있겠지만 분명 한숨이 나오고 후회도 되고 실망한 부분도 많이 있을 거야. 그러면서 마음 한쪽으로는 또 다른 희망을 품고서 다시금 새로운 각오를 다지겠지.

그래. 어쩌면 이것이 우리 인생인지 몰라. 각오, 반성, 후회 그리고 또다시 갖는 희망. 그래도 그런 희망을 다시금 가질 수 있다는 건 너희들이 충분히 인생을 잘 살아가고 있다는 거야. 그 희망이라는 것은 다시금 일어서려고 하는 도전이자, 누구에게도 꺾이지 않는 새로운 용기이자 버팀목일 테니까.

내년에는 올해보다 더 나아질 것이라는 희망.

나는 분명히 성공할 사람이라는 희망.

나의 인생은 앞으로 점점 더 좋아지고 행복해질 것이라는 희망.

그런데 요즘 많이 힘들지?

직장에서 온갖 사람들의 눈치를 봐가며 견뎌내고 버텨내는 일만도 고된 일인데, 남에게 뒤처지지 않기 위해 남몰래 자기계발도 해야 하고 그러다 보면 하루나 일주일이 어떻게 지나가는 건지 숨이 찰 때도 있을 거야.

가끔은 소외되지 않기 위해 친구도 만나 종종 수다도 떨어야 하고, 그렇게 시간을 쪼개가며 빈틈없이 하루하루 바쁘게 지내다 보면 어느덧 주말.

그럼 주말이라고 좀 편히 쉴 수 있을까. 주말이 되면 밀린 집안일이 잔뜩 기다리고 있을 테고 주중에 못다 한 아이와 실컷 놀아주어야 하는 시간.

도대체가 쉴 틈이 없는 나날들.

무한 반복. 도돌이표.

굳이 말은 하지 않아도, 힘들다고 내색은 안 해도 너희의 일상은 늘 시곗바늘처럼 이렇게 분주하게 돌아가고 있을 거야. 비록 평범하지만 대견스럽고 칭찬받아 마땅한 삶이지.

혹시 로또복권을 사 본 적 있니?

주말이면 복권판매소에 쭉 일렬로 서 있는 사람들의 얼굴을 유심히 바라본 적이 있어. 학생에서 노인까지 뭔가 초조하면서도 뭔가는 잔뜩 기대하는 모습들. 그렇게 습관처럼 매주 복권을 사면서 구구절절 간절한 저마다의 사연들이 얼마나 많을까.

그런데 말이야, 그들이 꼭 일확천금만을 꿈꾸며 복권을 사

아빠의 진심이 너에게 닿기를

는 걸까? 난 절대 그렇지만은 않다고 생각해. 그들은 일주일을 견딜 수 있게 해주는 '희망'을 사는 거야. 그런 일말의 희망이라도 없으면, 너무나 고된 현실에 숨이 막혀서 도저히 살 수 없으니까. 견딜 수 없으니까. 그래서 나는 복권을 사는 사람들을 이렇게 부르고 싶어. '희망을 사는 사람들'이라고.

그러고 보니 그들 모습이 얼마나 간절하고 경건해 보이는지. 난 주말 복권 판매점의 그 긴 줄을 볼 때마다 행복한 상상을 하며 화살기도를 하곤 해. '복권이 비록 당첨 안 된다 해도 다른 방식으로라도 그들의 간절한 소망이 꼭 이루어지게 해주세요'라고.

마지막으로 '희망'을 이야기할 때, 결코 빼놓아서는 안 되는 그리스 로마 신화에 나오는 '판도라의 상자'를 이야기하며 끝을 맺을게.

모든 신들의 왕 제우스와 사사건건 대립했던 프로메테우스라는 신이 있었지. 프로메테우스는 인간에게 최초로 불을 선물했으며 이름 그대로 '먼저 충분히 생각하고 행동하는 예지의 신'이야. 그에게는 '먼저 행동하고 나중에 생각하는' 것을 좋아하는 에피메테우스라는 동생이 있었어.

아, 잠깐! 여기서 생각나는 거 없니? 프롤로그와 에필로그라는 말. 바로 이 둘의 이름에서 유래되었을 것 같지 않니?

프로메테우스는 자신과는 정반대로 일단 저지른 다음에 생각하는 동생인 에피메테우스가 항상 걱정되어 '제우스가 네게 어떤 것을 준다 해도 나중에 엄청난 재앙이 발생할 수 있으니 절대 아무것도 받지 말라'고 신신당부를 했어.

그 후 에피메테우스는 제우스가 보내준 '판도라'라는 여자와 결혼하게 되었지. 제우스 역시 판도라에게 결혼 선물로 항아리를 보내며 절대 열어보지는 말라고 했어. 그래서 부부는 프로메테우스의 신신당부도 있고 해서 아무리 궁금해도 항아리를 열어보지 않고 잘 가지고 있었지.

그러던 어느 날, 부부는 그것을 깜빡 잊고 그 속에 무엇이 들어있을까 너무도 궁금한 나머지 항아리를 조심스레 열어버린 거야. 아니나 다를까. 순간 항아리 안에 있던 고통, 질병, 전쟁 등 모든 안 좋은 것들이 순서대로 다 튀어나오고 말았지. 화들짝 놀라서 얼른 뚜껑을 닫았는데 미처 그때 하나 빠져나오지 못한 것이 있었는데, 그게 바로 '희망'이라고.

그래서 그때 빠져나왔던 모든 것들과 함께 살아가야 하는

아빠의 진심이 너에게 닿기를

운명에 처한 인간이기에 삶이 이렇게 고되고 힘든 거라고. 그러나 그런 어려움 속에서도 좌절하지 않고, 쓰러지지 않고 살아갈 수 있는 것은 그때 미처 빠져나오지 못한 '희망'이 아직도 남아 있기 때문인 거라고.

이게 그 유명한 '판도라의 상자' 이야기지.

그래. 이 판도라의 상자에 남아 있는 '희망'처럼 너희 가슴속 깊은 어딘가에는 반드시 '희망'이라는 두 글자가 항상 자리하고 있을 거야. 그래서 아무리 어려운 순간이 닥쳐와도 낙담하거나 크게 좌절하지 않고 견디는 거겠지.

때때로 현실이 너무 힘들어서 어디로 확 도망가고 싶은 생각이 들거나 모든 일이 계획대로 안 되어 포기하고 싶은 순간이 온다 해도, '희망'이라는 두 글자가 가슴속에 영원히 살아 있는 한 어떤 시련이 닥쳐도 너희는 능히 이겨낼 수 있을 거라 확신해.

그러니 늘 자신감을 잃지 말고 힘을 내야 해.

그리고 믿으렴.

'희망'이란 두 글자가 매 순간 너희와 함께하는 한, 그토록 바라던 모든 일들은 너희 자신도 모르는 사이에 조금씩 조금씩 이루어지고 있을 거라고.

그래서 먼 훗날 너희가 나처럼 나이 들어 인생을 뒤돌아보았을 때 얼굴 가득히 자애롭고 평화로운 미소를 지으며 '정말 행복한 인생이었다'라고 회고할 수 있을 거라고.

아빠의 진심이 너에게 닿기를